光文社古典新訳文庫

カンタヴィルの幽霊／スフィンクス

ワイルド

南條竹則訳

kobunsha classics

JN166607

光文社

Lord Arthur Savile's Crime
1887
The Canterville Ghost
1887
The Sphinx without a Secret
1887
The Model Millionaire
1887
The Sphinx
1894

Author : Oscar Wilde

The Mynx – A Poem in Prose
1894
Suggestion
1895
The Quest of Sorrow
1896
Reminiscences
1930

Author : Ada Leverson

『カンタヴィルの幽霊／スフィンクス』目次

付録（エイダ・レヴァーソン）

カンタヴィルの幽霊／スフィンクス

アーサー・サヴィル卿の犯罪

——義務の研究——

一

それはウィンダミア卿夫人が復活祭《イースター》前に催した最後の招宴《しょうえん》で、ベンティンク・ハウスは常にもましてお客で賑わっていた。六人の閣僚が、〝下院議長の謁見〟[1]の席から勲章や綬《じゅ》を帯びたままやって来たし、綺麗《きれい》な御婦人方はみな一番洒落《しゃれ》たドレスをまとい、画廊の端に立っているのはカールスリューエ公国のゾフィア妃であった。公妃は身体つきのがっちりした韃靼人《だったんじん》めいた風貌の女性で、小さな眼は黒く、素晴らしいエメラルドをいくつも身につけ、下手なフランス語を大声でしゃべり、人から何か言われるたびにとめどなく笑っていた。まったく、多士済々の素晴らしい集まりだった。絢爛《けんらん》たる貴婦人たちが過激な急進派と愛想良《あいそよ》くおしゃべりをし、人気者の説教師は高名な懐疑論者と燕尾服の裾を摺《す》り合わせていた。主教たちが揃《そろ》いもそろって部屋から部屋へ肥《ふと》ったプリマドンナを追いかけ、階段には王立美術院の会員が数人、画家のふりをして立っていたし、食堂は一時《いっとき》天才でぎゅう詰めになったという話である。まことに、ウィンダミア卿夫人の夜会のうちでも最高の晩の一つで、ゾフィア妃は十一時半近くまでおられたのである。

妃殿下が去《い》ってしまうと、ウィンダミア卿夫人はすぐに画廊へ取って返した。そこでは、さる著名な経済学者が、ハンガリーから来た名演奏家に向かって科学的音楽理論をおごそかに説明し、相手を憤慨させていた。夫人はペイズリー公爵夫人と話をはじめた。ウィンダミア卿夫人は素晴らしく美しかった。堂々たる喉は象牙のようで、大きな青い眼は勿忘草《わすれなぐさ》の花のよう、豊かな金髪の巻毛は純金《オール・ピュール》で——当節、黄金《きん》という優雅な名前を僭称《せんしょう》している淡い麦藁色《むぎわらいろ》ではなく、陽の光に織り込まれ、珍《めずら》かな琥珀《こはく》の中に隠されている金色だった。この髪の毛は彼女の顔に聖者のような趣を添えたが、そこには罪人《つみびと》の魅力も少なからず混じっていた。彼女は心理学の研究対象とし

1 当時、英国の下院の議長が議員たちをウェストミンスターの自宅に招く習慣があり、これを「下院議長の謁見 Speaker's Levée」と呼んだ。

て興味深い人物だった。無分別ほど無邪気に見えるものはないという重大な真理を若くして発見し、一連の向こう見ずな脱線行為――その半分は、まったく罪のないものだった――によって、個性的名士のあらゆる特権を獲得した。一度ならず夫を取り換え、実際、「デブレット」[2]は彼女が三度結婚したと書いているが、恋人だけはけして変えなかったので、世間はとうの昔に彼女の醜聞を口にするのをやめてしまった。当年四十歳で、子供はなく、若さを保つ秘訣《ひけつ》である快楽への並外れた情熱を有していた。

夫人は急に部屋の中をあちこち見まわすと、澄んだコントラルトの声で言った。

「わたしの手相術師《カイロマンティスト》はどこにいるの？」

「あなたの何ですって、グラディス？」公爵夫人は思わずハッとして、声を上げた。

「手相術師ですわ、公爵夫人。わたし、この頃、あの人なしではやってゆかれませんの」

「グラディスったら！　あなたはいつも奇抜なことを考えるのね」公爵夫人はそうささやきながら、手相術師《カイロマンティスト》とは一体何なのか思い出そうとしていた――足病医《カイロポディスト》[3]と同じでなければ良いと願いつつ。

「週に二回、必ずわたしの手を見に来るんです」ウィンダミア卿夫人はつづけて言った。「すごく面白いことを言うのよ」

「まあ！」と公爵夫人はつぶやいた。「やっぱり足病医みたいなものじゃないの。何て厭《いや》なこと。せめて外国人だったら良いのに。それなら、あまりみっともなくもないでしょうから」

「あなたにぜひ御紹介したいわ」

「紹介するですって！」公爵夫人は叫んだ。「まさか、ここにいるんじゃないでしょうね？」そう言うと、いつでも帰れるように、小さい鼈甲《べっこう》の扇とひどくすり切れたレースの肩掛けを探しはじめた。

「もちろん、ここにいてよ。あの人ぬきでパーティーを開くなんて、思いも寄りません。あの人に言わせると、わたしの手はまったく心霊的で、親指がもしも今よりほんの少しでも短かったら、凝《こ》りかたまった厭世家《えんせいか》になって、修道院に入っていたでしょ

2　「Debrett's Peerage, Baronetage, Knightage and Companionage」の略。一七八四年にジョン・デブレットが創刊した英国の貴族名鑑。

3　足のまめ、胼胝《たこ》などを治療する医師。

うって」

「ああ、わかりました!」公爵夫人はすっかり安心して、言った。「その人は運を占うのね?」

「それに不運もですわ」とウィンダミア卿夫人は答えた。「何でも占いますのよ。たとえばね、来年わたしは陸でも海でも大きな災難に遭《あ》うんですって。だから、わたし、気球に乗って暮らそうかと思っていますの。夕御飯を毎晩籠《かご》で引っ張り上げてね。みんなわたしの小指に書いてあるんです。それとも掌《てのひら》だったかしら。どっちだか忘れましたけど」

「でも、それは間違いなく神様を試すことよ、グラディス」

「公爵夫人、神様も、今頃はきっと試されても平気になっていますわ。わたし、誰でも月に一度は手相を見てもらうべきだと思いますの。何をしてはいけないか知るためにね。もちろん、それでもしたいことはしますけれども、警告してもらうのは愉快ですわ。さあ、どなたか今すぐポジャーズさんを連れて来てくださいな。さもないと、わたしが自分で行かなきゃなりません」

「僕に行かせて下さい。ウィンダミア卿夫人」そばに立って面白そうにニコニコしながら話を聴いていた、背の高い美貌の青年が言った。

「ありがとう、アーサー卿、でも、あなたには彼がわからないんじゃないかしら」

「もしあなたのおっしゃるように素晴らしい人物なら、ウィンダミア卿夫人、見分けられないはずはありませんよ。どんな様子の方《かた》か教えて下さい。すぐにこちらへお連れします」

「そうね、あの人はちっとも手相術師のようではないわ。謎めいてもいないし、秘教的にも、ロマンティックにも見えません。上背《うわぜい》の低い、でっぷりした人で、おかしな禿頭《はげあたま》で、大きな金縁眼鏡《きんぶちめがね》をかけています。お医者様と田舎弁護士の中間といったところね。それは本当に残念ですけど、わたしのせいではなくてよ。人間って、厄介《やっかい》なものね。わたしのピアニストはみんな詩人そのものに見えるし、詩人はみんなピアニストそのものに見えます。そういえば、この前の社交季節《シーズン》に、世にも恐ろしい陰謀家を晩餐に招いたの。爆弾で大勢の人を吹き飛ばした男で、いつも鎖帷子《くさりかたびら》を着て、シャツの袖に短剣をしのばせていたそうなんです。ところが、やって来たその人を見たら、好々爺《こうこうや》の牧師さんそのもので、一晩中冗談を飛ばしていたのよ。もちろん、すごく面白い人ではありましたけれど、すっかり幻滅してしまったわ。鎖帷子はどうなさったのって訊《き》いてみたら、あの人はただ笑って、あれは冷たいからイギリスじゃ着られないって言うのよ。あら、ポジャーズさんがいらしたわ！　ねえ、ポジャーズさん、ペイズリー公爵夫人の手を見ていただきたいの。公爵夫人、手袋をお取りになってくださいな。いいえ、左手じゃなくて右手よ」

「グラディス、あんまり良いこととは思えないわ」公爵夫人はそう言いながら、少し汚れた子山羊革の手袋のボタンをしぶしぶ外した。

「面白いことはみんなそうよ」とウィンダミア卿夫人は言った。

「世の中はそうしたものですから《オン・ナ・フェ・ル・モンド・アンシ》ね。でも、御紹介しなくてはね。公爵夫人、こちらはポジャーズさん、わたしのお気に入りの手相術師です。ポジャーズさん、こちらはペイズリー公爵夫人です。この方の月丘[4]がわたしのよりも大きいなんて言ったら、二度とあなたの言うことを信じませんよ」

「グラディス、わたしの手にはそんなものないと思うわ」公爵夫人は真面目に言った。

「奥様のおっしゃる通りでございます」ポジャーズ氏は、短い四角張った指のついている小さな肥った手をチラと見て、言った。「月丘は発達しておりませんな。しかし、生命線は立派です。手首を曲げてくださいますか。おそれいります。手首線が三本はっきりと出ておりますな！　公爵夫人、あなたさまはうんと御長命で、たいそうお幸せにお暮らしあそばすでしょう。野心は——ごく控え目です。知能線は際立っておりません。感情線は——」

「さあ、不謹慎なことでも何でも遠慮なくおっしゃい、ポジャーズさん」とウィンダミア卿夫人が声を上げた。

「もしも公爵夫人が」ポジャーズ氏はお辞儀をして言った。「一度でも不謹慎なことをなさったならば、わたしとしてはこれに勝る喜びはないのですが、残念ながら、わたしに見えますのは、変わらぬ愛情と結びついた強い義務感です」

「どうぞ、続けて下さいな。ポジャーズさん」公爵夫人は満悦の態《てい》で言った。

「節約ということが、奥様の美徳のうちでも小さからぬものでございます」ポジャーズ氏がそう言うと、ウィンダミア卿夫人は笑いだした。

「節約は大いに結構なことです」公爵夫人は得々《とくとく》として言った。「結婚した時、ペイ

4　手相術の用語で、生命線の左にある丘をいう。これが発達している人は想像力に富み、芸術家的な素質を持つという。

ズリーはお城を十一も持っていたのに、住める家は一軒も持っていませんでした」

「今は家を十二軒も持っているけど、お城は一つもないんでしょう」とウィンダミア卿夫人が言った。

「あのね、あなた」と公爵夫人。「わたしが好きなのは――」

「快適さですな」とポジャーズ氏が言った。「それに現代的な改良と、すべての寝室にお湯が出ることとです。奥様のおっしゃる通りですよ。快適さこそは、文明が我々に与えられる唯一のものですからな」

「公爵夫人の性格を見事に言いあてられたわね、ポジャーズさん。今度はフローラ嬢を見てあげてください」女主人が微笑《ほほえ》みながら促すと、スコットランド人特有の薄茶色の髪の毛で、肩胛骨《けんこうこつ》の張った背の高い娘が、ソファーのうしろからぎこちなく進み出、篦《へら》のように平べったい指をした長く骨張った手を差し出した。

「ああ、ピアノをお弾きになる！　なるほど」とポジャーズ氏は言った。「優れたピアニストだが、音楽家とは申せないようですな。たいそう内気で、誠実で、動物が大好きでいらっしゃいましょう」

「その通りよ！」公爵夫人はそう叫んで、ウィンダミア卿夫人の方をふり返った。

「まったく、その通りよ！　フローラはマクロスキーにコリー犬を二ダースも飼っていまして、父親がもし良いと言えば、わたしたちのロンドンの家《うち》を動物園にしてしまうでしょう」

「あら、わたしだって、毎週木曜日の晩はそうしていてよ」ウィンダミア卿夫人は笑って言った。「ただ、わたしはコリー犬よりもライオンの方が好きなだけよ」

「あなたのただ一つの過《あやま》ちですな、ウィンダミア卿夫人」ポジャーズ氏は仰々《ぎょうぎょう》しくお辞儀をして、そう言った。

「女が自分の過ちを魅力にできないとしたら、その女はただの雌です」というのが夫人の答だった。「でも、ほかの人の手をもっと見てちょうだい。さあ、サー・トマス、ポジャーズさんに手をお見せなさい」すると、白いチョッキを着た優しそうな老紳士が進み出て、薬指がたいそう長い、分厚い、ごつごつした手を差し伸べた。

「冒険好きな御性格ですな。過去に四回、長い航海をしたことがあり、これからも一

5 屋敷の名。
6 人気者、名士といった意味がある。

度なさいます。難船されたことが三度おありですな。いや、二度だけですが、次の旅行で難船する危険があります。断固とした保守主義者で、時間にたいそう几帳面《きちょうめん》で、骨董品《こっとうひん》の蒐集《しゅうしゅう》が道楽です。十六歳から十八歳の間に大病をなさったことがおありです。三十歳の時、財産を相続なさいました。猫と急進派が大嫌いです」

「大したものだ！」とサー・トマスは叫んだ。「妻の手もぜひ見てやってください」

「二度目の奥様ですな」ポジャーズ氏はサー・トマスの手を取ったまま、静かに言った。「二度目の奥様のお手。喜んで拝見いたします」しかし、鳶色《とびいろ》の髪と感傷的な睫《まつ》毛《げ》をした、憂《うれ》わしげな風情のマーヴェル夫人は、過去や未来を暴露《あば》かれることを頑《がん》として断わった。またウィンダミア卿夫人が何と言っても、ロシア大使ド・コロフ氏には手袋を脱がせることさえできなかった。実際、紋切り型の微笑をたたえて、金縁眼鏡の奥にガラス玉のような目を光らせている、この奇妙な小男に面と向かうのを、多くの人が怖がっているようだった。そして、彼が衆人環視の中で可哀想なファーモア夫人に向かって、音楽にはちっとも御関心がないのに音楽家は大好きでいらっしゃる、と言った時――手相術はじつに危険な科学であって、差し向かい《テット・ア・テット》でする以外は勧められるものではないと一同は感じたのであった。

しかし、ファーモア夫人の不幸な物語をまったく知らないアーサー・サヴィル卿は、深甚《しんじん》な興味を持ってポジャーズ氏を見守っていた。自分の手相も見てもらいたいという好奇心で一杯になったが、言い出すのは何となく気がひけたので、部屋を横切ってウィンダミア卿夫人が坐っている方へ行き、素敵に頬を赤らめながら、ポジャーズ氏に頼んでもかまわないだろうかと訊《たず》ねた。

「もちろん、かまいませんとも」とウィンダミア卿夫人は言った。「あの人はそのためにここへ来ているんですから。わたしのライオンはね、アーサー卿、みんな芸をするライオンで、わたしが頼めばいつでも跳んで輪をくぐりますの。でも、前もって言っておきますけれど、わたし、何もかもシビルに言ってよ。あの子は明日、ボンネットのことを話しに、うちへお昼を食べに来るの。もしもあなたが癇癪《かんしゃく》持ちだったり、痛風の気《け》があったり、ベイズウォーター[7]に奥さんが住んでいたりすることをポジャーズさんが見破ったら、みんな教えてしまいますから」

7　ロンドン、ハイド公園《パーク》の北隣に位置する区域。この町に愛人を住まわせるという話が、当時の劇などによく出て来る。

アーサー卿はニッコリして、首を振った。「僕は怖くありません。シビルも僕も、お互いのことを良く知っていますから」

「まあ！　それは少し残念ね。結婚生活の正しい基礎は、お互いの誤解なのよ。いいえ、けして皮肉を言っているんじゃありません。ただわたしには経験があるんです。もっとも、それはけっきょく、同じようなことですけどね。ポジャーズさん、アーサー・サヴィル卿が手相を見てもらいたくて仕方がないの。ロンドンでもとびきりの美しいお嬢さんと婚約している、なんて言っては駄目よ。そのことは一月前《ひとつきまえ》、『モーニング・ポスト』に載りましたから」

「ウィンダミア卿夫人」とジェドバラ侯爵夫人が言った。「ポジャーズさんをもう少しここに置いといてちょうだいな。今ね、わたしが役者になるっておっしゃったところで、わたし、すごく興味があるのよ」

「そんなことを言ったのなら、ジェドバラ夫人、どうしても連れて行くわ。ポジャーズさん、早くこちらへ来て、アーサー卿の手を見てちょうだい」

「まあ」ジェドバラ夫人は少しふくれっ面《つら》をして、ソファーから立ち上がった。「役者になるのを許してもらえないなら、せめて見物のお仲間にしていただきたいわ」

「もちろん。わたしたちはみんな見物の仲間になるのよ」とウィンダミア卿夫人が言った。「それじゃあ、ポジャーズさん、きっと何か素敵なことを言ってちょうだいね。アーサー卿はわたしの特別のお気に入りなんですから」

しかし、ポジャーズ氏はアーサー卿の手を見ると、妙に青ざめて何も言わなかった。彼の身体を戦慄《せんりつ》が走り抜けたようで、大きなげじげじ眉毛は、奇妙な、人を苛立《いらだ》たせるやり方で、ヒクヒクと動いた。それは彼が困った時の癖だった。やがて、黄色い額に大粒の汗が毒のある露のように流れ出し、肥った指は冷たく、じっとりして来た。

アーサー卿はこうした奇妙な動揺のしるしを見逃さなかった。そして、彼自身も生まれて初めて恐怖というものを感じた。部屋から飛び出したい衝動に駆られたけれども、ぐっと抑えた。それがどんなことであれ最悪のことを知った方が、この耐え難い不安の中に残されているよりもましだ。

「僕は待っているんです。ポジャーズさん」と彼は言った。

「わたしたち、みんな待っているのよ」ウィンダミア卿夫人もせっかちな口ぶりで言ったが、手相術師は答えなかった。

「アーサーは役者になるんだと思うわ」ジェドバラ夫人が言った。「あなたに叱られたものだから、ポジャーズさんはそう言うのをためらっているのよ」

突然、ポジャーズ氏はアーサー卿の右手を放して、左手をつかむと、その手をよく見るためにうんと腰を屈《かが》めたので、眼鏡の金縁が掌に触れんばかりだった。その顔は一瞬、恐怖の白い仮面と化したが、すぐに冷静さを取り戻し、ウィンダミア卿夫人を見上げて、作り笑いをしながら言った。「素敵な青年の手ですな」

「もちろんですとも！」ウィンダミア卿夫人は答えた。「でも、この人は素敵な夫になるかしら？　そこが知りたいのよ」

「素敵な青年はみんなそうです」とポジャーズ氏は言った。

「夫はあまり魅力的であってはいけないと思うわ」ジェドバラ夫人は物思わしげにつぶやいた。「危険すぎますもの」

「あなた、世の中に魅力的すぎる夫なんて、いやしませんよ」とウィンダミア卿夫人が言った。「でも、わたしが知りたいのは細かいことなの。面白いのは細かいことだけですもの。アーサー卿に何が起こるの？」

「さよう、これから二、三ヵ月のうちに、アーサー卿は船旅をなさいます――」

「ええ。もちろん、新婚旅行に行くのよ！」

「そして身内がお亡くなりになります」

「妹さんじゃないでしょうね？」ジェドバラ夫人が悲しげな声で言った。

「妹さんではございません」ポジャーズ氏は違うと言うように手を振って、答えた。

「遠い御親戚にすぎません」

「あらあら、がっかりだわ」とウィンダミア卿夫人は言った。「明日シビルに話すことがなんにもありやしない。当節、遠い親戚のことなんか誰も気にしませんもの。そういうものは何年も前に流行遅れになってしまいました。でも、シビルは黒い絹のドレスを持っていた方がいいわね。いつでも教会に着て行けますから。それでは、夜食を食べにまいりましょう。どうせ何もかも食べられてしまったでしょうけど、熱いスープくらいは残っているかもしれませんわ。フランソワも以前は美味《おい》しいスープをつくったんですけど、近頃は政治に夢中だから、どうもあてになりませんの。ほんとに、ブーランジェ[8]将軍がおとなしくしていてくれるといいのにねえ。公爵夫人、お疲れになったでしょう？」

「いいえ、ちっとも、グラディス」公爵夫人は扉の方へよちよちと歩きながら、答えた。「すごく楽しかったわ。それにあの足病医は、いいえ、手相術師はほんとに面白い人ね。フローラ、わたしの鼈甲《べっこう》の扇はどこへ行ったかしら？　まあ、サー・トマス、おそれ入ります。それから、フローラ、わたしのレースの肩掛けは？　まあ、サー・トマス、おそれ入ります。本当に御親切に」やんごとない婦人は香水の壜《びん》を二回しか落とさずに、何とか階下《した》へ下りることができた。

この間ずっとアーサー・サヴィル卿は暖炉のそばに立っていたが、依然《いぜん》同じ恐怖感が、災禍《わざわい》が起こるという同じ厭な感じが、胸をふさいでいた。彼は妹に向かって悲しげに微笑んだ。妹はその時、プリムデイル卿の腕にすがって、そばを通り過ぎたのだが、ピンクの錦織りと真珠をまとった姿は美しかった。ウィンダミア卿夫人が随《つ》いて来るように呼びかけたが、彼にはほとんど聞こえなかった。彼はシビル・マートンのことを考え、何かが二人の間を割《さ》くかもしれないと考えると、目が涙に曇《くも》って来た。

この時の彼の姿を見たら、人はネメシス[9]がパラスの楯《たて》を盗んで、彼にゴルゴン[10]の首を見せたのだと言っただろう。彼は石に化したかと見え、その顔は大理石の像のように憂いをおびていた。彼はこれまで家柄の良い裕福な青年として、優雅で贅沢な生活を送って来た。惨めな苦労もなく、少年らしい美しい無頓着さに身をまかせる、素晴らしい生活を。それが今初めて〝運命〟の恐ろしい神秘を、〝宿命〟の由々《ゆゆ》しき意味を知ったのだった。

すべては何と途方もない、狂気の沙汰《さた》に思われたことだろう！　彼の手には、自分には読めないが他人が解読できる文字で、何か恐るべき罪の秘密が、血紅《ちくれない》の犯罪のしるしが書いてあるというのだろうか？　逃れる方途《みち》はないのだろうか？　我々は見えない力に動かされる将棋の駒や、陶工《すえつくり》が思いのままに形造って讃《ほ》められたり、けなされたりする器《うつわ》も同然なのだろうか？　彼の理性はそうしたことに抗《あらが》ったが、それでも、何かの悲劇がわが身に覆い迫っていて、突然耐え難い重荷を背負う羽目になったのだと感じていた。役者というものはじつに幸せだ。悲劇に出るか喜劇に出る

8　ジョルジュ・ブーランジェ（一八三七〜九一）。フランスの軍人・政治家。普仏戦争後のナショナリズムが高揚した時代に対独強硬論を唱え、第三共和制を脅かした。その後失脚し、ブリュッセルで自殺。

9　ギリシア神話の復讐の女神。

10　ギリシア神話に登場する三人の女の怪物。髪の毛が蛇で、その顔を見た者は石になる。ゴルゴンの一人メドゥーサはペルセウスに退治され、その首は女神パラス・アテナの楯に嵌《は》め込まれる。

かを選べる。苦しむか愉《たの》しむか、笑うか涙を流すかを選べる。しかし、現実の人生はそうはゆかない。たいていの男女は、自分に向かない役を無理矢理演じさせられるのだ。我々のギルデンスターン[11]は我々のためにハムレットを演じ、我々のハムレットはハル王子[12]のようにふざけなければならない。この世界は一つの舞台だが、芝居の配役は拙《まず》いと来ている。

突然、ポジャーズ氏が部屋に入って来た。アーサー卿を見るとハッとして、下品な肥った顔は一種の黄緑色に変わった。二人の男の視線が合い、一瞬沈黙があった。

「公爵夫人がこちらに手袋を片方お忘れになったんです、アーサー卿、それで取って来いとおっしゃるので」ポジャーズ氏はやがてそう言った。「ああ、ソファーの上にありました！　では、ごきげんよう」

「ポジャーズさん、ひとつお尋ねしますが、率直に答えていただきたいのです」

「またの機会になさって下さい、アーサー卿、公爵夫人がお待ちかねです。行かなければなりません」

「行かせませんよ。公爵夫人も急いではおられないでしょう」

「御婦人を待たせるものではありませんよ、アーサー卿」ポジャーズ氏は厭味《いやみ》な微笑を浮かべて言った。「女の方《かた》はとかくせっかちですから」

アーサー卿の形の良い唇が、怒って軽蔑《みくだ》すように歪《ゆが》んだ。その時、彼には公爵夫人もどうでも良いものに思われた。彼は部屋を横切って、ポジャーズ氏が立っているところへ行くと、手を差し出した。

「この手に何を御覧になったのか、言って下さい。本当のことを言って下さい。どうしても知りたいんです。僕は子供じゃありません」

ポジャーズ氏の目が金縁眼鏡の奥で瞬《またた》いた。彼は不安げに足を踏み変え、その指は安ぴか物の時計の鎖を神経質にいじっていた。

「アーサー卿、先程申し上げた以上のものをあなたの手に見たなどと、どうしてお考えになるのです？」

「あなたが何かを見たのはわかっています。それが何か、教えてもらいたいのです。

11 「ハムレット」に登場する王子の学友。
12 「ヘンリー四世」に登場する皇太子ヘンリーのこと。のちに名君となるが、若い頃は無頼の騎士フォールスタッフらと交わり、放埒《ほうらつ》な生活を送る。

お金は払います。百ポンドの小切手を差し上げましょう」

　緑の眼が一瞬キラリと光り、それからまた鈍《にぶ》くなった。

「百ギニー[13]では？」ポジャーズ氏はついに低い声で言った。

「いいですとも。明日、小切手をお送りします。あなたのクラブはどこです？」

「クラブはございません。つまり現在は、という意味ですが。わたしの住所は――ですが、どうぞ名刺をお受け取りになって下さい」ポジャーズ氏はそう言って、チョッキのポケットから金の縁取りをした小さな厚紙を出すと、深々とお辞儀をしてアーサー卿に手渡した。それにはこう書いてあった。

> セプティマス・R・ポジャーズ
> 専業手相術師
> ウエスト・ムーン街一〇三番地A

「時間は十時から四時までです」ポジャーズ氏は機械的にささやいた。「家族割引もいたします」

「早くして下さい」アーサー卿は真っ蒼《さお》になって、手を差し出したまま叫んだ。

ポジャーズ氏は神経質にあたりを見まわすと、厚いカーテンを引いて扉を覆った。

「少々時間《ひま》がかかります。アーサー卿、お坐りになった方がよろしいでしょう」

「早くしてくれ」アーサー卿は磨き上げた床を腹立たしげに踏み鳴らし、また大声を上げた。

ポジャーズ氏は微笑んで、胸のポケットから小さな虫眼鏡を取り出すと、ハンカチーフで入念に拭《ぬぐ》った。

「用意ができました」と彼は言った。

二

十分後、顔は恐怖に蒼ざめ、悲しみに乱れた目つきで、アーサー・サヴィル卿はべ

13 当時の英国の通貨制度で、一ポンドは二十シリング、一ギニーは二十一シリングだった。

ンティンク・ハウスから飛び出した。縞模様の入った玄関の大きな庇《ひさし》のまわりには、毛皮の外套を着た従僕の群れが屯《たむろ》していた。卿はその人だかりを押し分けて行ったが、何も見えず、何も聞こえない様子だった。身を切るように寒い夜で、広場のガス灯は肌を刺す風に煽《あお》られ、チラチラと揺れていた。しかし、彼の両手は熱に火照《ほて》り、額は火のように燃えていた。彼はまるで酔っ払いのような足取りで、ただただ歩いて行った。警官が通り過ぎる彼を怪訝《けげん》そうに見やり、施しを受けようとして拱道《きょうどう》からのそのそと近づいて来た乞食は、相手が自分よりももっと惨めな顔をしているので、ギョッとした。彼は一度、街灯の下に立ちどまって、両手を見た。そこにはもう血の染みがついているような気がして、震える唇からかすかな悲鳴が洩《も》れた。

人殺し！　手相術師が彼の手に見たものは、それだった。人殺し！　夜の闇もそれを知っているように見え、寂しい風は彼の耳にその言葉を叫んでいるようだった。街路《とおり》の暗い隅々はそれに満ちていた。それは家々の屋根から、こちらを見てニッと笑った。

彼は最初、ハイド公園《パーク》に来た。そこの暗い森に魅せられるようだった。ぐったりと手摺《てすり》に凭《もた》れかかり、濡れた金属に額を押しあてて冷やしながら、樹々のふるえる沈黙に耳傾けた。「人殺し！　人殺し！」あたかも繰り返すことによって、その言葉の恐ろしさが弱まりでもするかのように、何度となくつぶやいてみた。自分自身の声の響きにゾッとしたが、木霊《こだま》が自分の声を聞いて、眠る街を夢から醒ましてくれるのではないかと期待したのだ。彼は行きずりの人をつかまえて、すべてを話したいという狂った欲求を感じた。

それから、オックスフォード街を渡って、狭い、いかがわしい小路に入った。顔を塗りたくった二人の女が、行き過ぎる彼をからかった。暗い中庭からは罵声《ばせい》と人を殴《なぐ》る音が聞こえ、そのあと甲高《かんだか》い叫び声がした。じめじめした戸口の上がり段には、背中の曲がった貧しい老人たちが身を寄せ合っていた。奇妙な憐憫《れんびん》の情が湧《わ》いて来た。こうした罪と悲惨の子らも、自分と同じように、運命によって最期《さいご》を定められているのだろうか？　かれらもやはり自分と同じように、奇怪な見世物の操り人形にすぎないのだろうか？

しかし、彼の心を打ったのは、苦しみの神秘ではなく喜劇だった。その完《まった》き無用さ、グロテスクなほどの無意味さだった。すべてが何と支離滅裂に見えるのだろう！　何と調和が欠けているのだろう！　彼は現代の浅薄な楽天主義と生活の真実との乖離《かいり》に愕然《がくぜん》とした。まだ若かったのだ。

しばらくして気がつくと、メリルボーン教会の前に立っていた。静まり返った車道は、磨き上げた銀の長い帯のように見え、揺れる影がそこかしこに黒い唐草《からくさ》紋様《もよう》をつけていた。明滅するガス灯の列が弧を描いてはるか遠くまで連なり、塀に囲まれた一軒の小さな家の外に、二輪馬車がただ一台停まっていて、御者《ぎょしゃ》が中で眠っていた。彼はポートランド・プレイスの方向へ急ぎ足で歩き、あとを尾《つ》けられているのを懼《おそ》れるかのように、時折あたりを見まわした。リッチ街の角に二人の男が立って、掲示板に貼《は》ってある小さなビラを読んでいた。彼は奇妙な好奇心に駆られて、道を渡った。近くに寄ると、黒い文字で印刷された「人殺し」という言葉が目に入った。彼はハッとして、頬に深い赤みがさした。それはある男の逮捕につながる情報をもたらした者に、褒賞を与えるという広告だった。その男は中背《ちゅうぜい》で、年齢《とし》は三十から四十の間、ビリーコック帽[14]を被《かぶ》り、黒の外套と格子縞《こうしじま》のズボンという服装《いでたち》で、右の頬に傷があるという。彼はそれを何度も何度も読み返して、この哀れな男はつかまるだろうか、どうして傷がついたのだろうと思った。きっと、いつの日か、自分の名もロンドンの塀に貼り出されるかもしれない。いつの日か、きっと自分の首にも賞金がかかるだろう。

そう考えると、恐ろしくて気分が悪くなった。彼は踵《くびす》を返し、暗闇の中へ足早に歩き去った。

それからどこへ行ったのかは、自分でもほとんどわからなかった。ぼんやりと憶えているのは、薄汚い家々の迷路を彷徨《さまよ》い、暗鬱な街路の巨大な網の目の中で迷《ま》い子になったことで、明るい朝日が射し初《そ》める頃、ようやく我に返ると、彼はピカデリー・サーカスにいた。家に帰ろうとしてベルグレイヴ広場の方に歩いて行くと、大きな荷《に》車《ぐるま》が何台もコヴェント・ガーデン[15]へ向かって行くのに出会った。白い上《うわ》っ張《ぱ》りを着た荷車の御者たちは、気持ちの良い日焼けした顔に髪の毛をボサボサに乱して、大股にしっかりと歩きながら鞭を鳴らし、時折大声で互いに呼び合っていた。ジャンジャンと鈴を鳴らして行く馬の行列の先頭は、巨《おお》きな葦毛《あしげ》の馬で、その背にはまるまる肥った少年が乗っていた。ひしゃげた帽子に桜草の花束をつけ、小さな両手で馬の

14 ビリーコック帽 billy-cock hat と呼ばれるものには、十九世紀の悪童《ブリー》がかぶった三角帽《コックト・ハット》とウィリアム・コックという人物が鉱夫のために考案した丈夫な丸帽との二種があったらしい。

15 当時、有名な青物市場があった。

鬣《たてがみ》にひしとしがみついて、笑っていた。山積みになった野菜は、朝空を背にして、翡翠《ひすい》の山のように見えた――緑色をした翡翠の山が、素晴らしい薔薇の花のピンクの花びらを背にしているように。アーサー卿は不思議と感動したが、なぜかわからなかった。夜明けの微妙な美しさには、何かえもいわれず悲愴なものがあり、彼は美のうちに明けて嵐のうちに暮れるすべての日々を思った。それに、荒っぽいが上機嫌な声を出して呑気《のんき》に振舞っているこの田舎者たちは、何という奇妙なロンドンを見ているのだろう！　夜の罪悪も昼の煤煙《ばいえん》もないロンドン、青ざめた幽霊のような街、寂しい墓の街！　かれらはこの街をどう思っているのだろう。その光輝と恥辱、激しい焔《ほのお》の光をした喜び、恐るべき飢え、この街が朝から晩まで作っては壊《こわ》すあらゆるものについて、何か知っているのだろうか。ここはたぶん、かれらにとって市場にすぎないのかもしれない。野菜や果物を売りに来て、せいぜい二、三時間とどまり、いまだひっそりした街路と眠る家々をあとにして去って行くだけなのだ。かれらが通り過ぎるのを見ていると、楽しかった。鋲《びょう》を打った重い靴を履いて不格好な歩き方をするかれらは、粗野な人間たちではあるが、ささやかな桃源郷の匂いを持ち運んでいる。かれらは自然と共に暮らし、自然から平和を教えられているような気がした。余計なことを知らずにいるのが羨《うらや》ましかった。

ベルグレイヴ広場に着いた頃、空は薄い水色で、庭に小鳥がさえずりはじめていた。

三

アーサー卿が目醒めたのは十二時で、部屋には象牙色の絹のカーテンを透《とお》して正午《まひる》の陽光《ひかり》が流れ込んでいた。彼は起き上がって、窓の外を見た。熱気を孕《はら》んだ薄靄《うすもや》が大都会の上にかかり、家々の屋根は曇《くも》った銀のようだった。真下にある広場の芝生がチカチカ緑に光っている中で、子供たちが白い蝶のように飛びまわり、舗道《ほどう》はハイド公園《パーク》へ向かう人々で混《こ》み合っていた。彼には人生がこれほど美しく見えたことはなく、邪悪なものがこれほど遠くにあるように思われたこともなかった。

やがて従僕が一杯のチョコレートを盆に載せて持って来た。彼はそれを飲み終わると、桃色のフラシ天の厚いカーテンを引き開《あ》け、浴室に入った。光が天井から透明な縞瑪瑙《しまめのう》の薄板を透してほのかに忍び入り、大理石の浴槽の水は月長石のごとく微《かす》かにきらめいていた。彼は急いでその中にとび込み、冷たい小波《さざなみ》が喉と髪の毛に触れると、頭をすっかり水に沈めた。まるで何か恥ずべき記憶の汚点を拭《ぬぐ》い落とそうとするかのようだった。浴槽から出て来た時には、ほとんど心も安まっていた。一時《いっとき》の絶妙な肉体的状態が彼を支配していた。実際、ごく繊細な性質の人間には、こういうことがよく起こるのである。感覚は焔のように、破壊することも浄化することもできるからだ。

朝食後、彼は長椅子に身を投げて、紙巻煙草に火を点《つ》けた。暖炉の上の棚には、優美な古い錦織りの額に入った、シビル・マートンの大きな写真が立てかけてあった。ノエル夫人の舞踏会で初めて会った時の姿そのままだった。形の良い小さな頭を心持ち一方に傾け、まるでそのほっそりした葦《あし》のような頸《くび》では、こんなにも美しい重荷を支えることはできないという風情だった。唇はわずかに開いていて、甘美な音楽のためにつくられたように見えた。夢見る眼からは、少女の優しい清純さが驚いて外を覗いていた。仏蘭西縮緬《クレープ・ド・シーヌ》の柔らかな、肌にまつわりつくドレスをまとい、大きな木の葉形の扇を手に持っている彼女は、タナグラ[16]のそばのオリーブの森で見つかる華車《きゃしゃ》で小さな人形のように見えた。そして彼女の姿態には、ほんの少しギリシア人的な優雅さがあった。けれども、彼女は小柄《プティット》ではなかった。ただ完璧に均整がとれているだけで——多くの女性が等身大以上であるか、ちっぽけであるかするこの時代には珍しい存在だった。

彼女の姿を見ていると、アーサー卿の心は、愛から生じるやるせない憐れみで一杯になった。人殺しの運命が頭上に迫っている身で彼女と結婚することは、ユダの裏切りのような裏切り、ボルジア家の人間すら夢想もしなかったような罪だと感じられた。二人にどんな幸福《しあわせ》があり得るだろう？　彼はいつ何時《なんどき》、掌に記された恐ろしい予言を実行せよと求められるかもしれないのだ。運命の神がこの恐ろしい定めを今も天秤《てんびん》にかけているのに、どんな生活ができるというのだ？　結婚は何としても延期しなければいけない。彼はそう固く決意した。彼はこの娘を熱烈に愛していて、一緒に坐っている時、彼女の指が触れただけで、全身の神経がこの上ない悦《よろこ》びに震えるのだった。それでも彼は己の義務が奈辺《なへん》にあるかを確《しか》と悟り、人殺しをしてしまうまで、結婚する権利はないという事実を十分自覚していた。それさえやってしまえば、シビル・マートンと祭壇の前に立って、彼女の手に人生を委《ゆだ》ねても、罪を犯す恐怖を感じずに

16　タナグラはギリシアの一地方。そこで古代につくられたテラコッタの人形が十九世紀後半に次々と見つかり、人気を博した。

済む。それさえやってしまえば、彼女が自分のために頬を赤らめたり、恥を掻《か》いてうなだれたりすることはけしてないのだと安心して、彼女を腕に抱くことができる。しかし、まずはそれをやらなければならない。二人のために、早ければ早いほど良い。

彼のような地位にあれば、たいがいの男は義務の険《けわ》しい高嶺《たかね》よりも、嬉戯《たわむれ》の花咲く小径《こみち》を選んだだろう。しかし、誠実なアーサー卿は、快楽を道義の上に置くことができなかった。彼の愛には単なる情熱以上のものがあり、彼にとってシビルは、善良で高貴なあらゆるものの象徴だった。一時《いっとき》、彼は自分がしなければならぬことに当然の嫌悪感をおぼえたが、それはすぐに消え去った。これは罪ではなく、犠牲なのだと彼の心が告げた。彼の理性は、他に途《みち》がないことを思い出させた。彼は自分のために生きるか他人のために生きるかを選ばなければならず、彼に課せられたつとめはたしかに恐ろしかったけれども、利己心が愛に勝つようなことを許してはならないのを知っていた。我々はみな遅かれ早かれ同じ問題で決断を迫られる——我々全員に、同じ問いが突きつけられる。アーサー卿には、それが若いうちにやって来た——彼の性質が中年の勘定高い犬儒主義《シニシズム》に毒される前、また彼の心が当節流行《はやり》の浅薄な自己中心主義に触《むしば》まれる前にやって来たので、義務を果たすことに何の躊躇《ちゅうちょ》もおぼえなかった。

また幸いなことに、彼はただの夢想家でもなければ、怠惰な好事家《こうずか》でもなかった。もしもそうだったら、ハムレットのように逡巡《しゅんじゅん》して、優柔不断の故に目的を達せられなかっただろう。しかし、彼は根が実際家だった。人生は彼にとって思索よりも行動を意味した。彼はあの何よりも稀《まれ》な常識というものをそなえていた。

前夜の荒々しい混濁《こんだく》した感情は今はすっかり消えて、街路から街路へ狂ったようにさまよい歩いたことや、激しい感情の苦悶をふり返ると、恥ずかしいくらいだった。苦悩《くるしみ》の誠実さそのものが、今となっては、それを現実感のないものに思わせたのだ。避けられぬ事柄について怒鳴ったり、わめいたりするような愚かなことを、一体どうしてしたのだろう。今彼を悩ましている唯一の問題は、誰を片づけるかということのようだった。というのも、殺人は異教世界の宗教と同様、祭司のほかに犠牲《いけにえ》を必要とする事実を忘れていなかったからである。彼は天才ではないので敵がいなかったし、それに、これは私的な鬱憤《うっぷん》や反感を晴らすべき時ではないと感じていた。彼が負っている使命は、まことに厳粛きわまるものだったからだ。そこで便箋《びんせん》に友人と親戚の一覧表を書き出し、慎重に考えた末、クレメンティナ・ビーチャム夫人に決定した。このクレム夫人の人はカーゾン街に住んでいる親しい老婦人で、母方の再従姉妹《またいとこ》だった。クレム夫人とみんなから呼ばれるこの人のことは、昔から大好きだったし、それに彼は成年に達した時、ラグビー卿の財産をすべて相続して、たいそう裕福だったから、夫人の死去によって下品な金銭的利益を得る可能性もなかった。実際、考えれば考えるほど、彼女こそぴったりの人間に思われ、少しでも遅れればシビルにすまないと感じて、さっそく手筈《てはず》をととのえることにした。

最初にすべきことは、もちろん、手相術師に金を払うことだ。そこで、窓際にある小さなシェラトン[17]の書物机に向かって、セプティマス・ポジャーズ氏を受取人とした百五ポンドの小切手を切り、封筒に入れて、ウエスト・ムーン街へ届けるよう従僕に言いつけた。それから厩舎に電話して二輪馬車の用意をさせ、外出のために着替えた。部屋を出る時、ふり返ってシビル・マートンの写真を見ながら、彼は誓った。たとえどんなことがあろうと、自分が彼女のためにしていることはけして知らせず、自己犠牲の秘密はいつまでも胸にしまっておこう、と。

バッキンガム・クラブへ行く途中、花屋に寄って、シビルに美しい水仙の花籠《はなかご》を贈った。綺麗な白い花びらに、大きく瞠《みは》った雉《きじ》の眼のような花芯《かしん》がついている花だ。クラブに着くと、まっすぐ図書室へ行って鈴《りん》を鳴らし、レモンソーダと毒物学の本を持って来るよう給仕に命じた。この厄介な一件を片づけるには、毒を用いるのが一番だと彼は決め込んでいた。暴力をふるうようなことはこの上なく不愉快だったし、それに、世間の注目を引きそうなやり方でクレメンティナ夫人を殺したくなかった。ウィンダミア卿夫人の家でもてはやされたり、下品な社交界新聞の記事に自分の名前が出るなどということはまっぴらだ。またシビルの両親のことも考えねばならなかった。かれらはどちらかというと昔気質《むかしかたぎ》の人たちで、醜聞めいたことが起これば、結婚に反対するかもしれない。もっとも、もし一伍一什《いちぶしじゅう》を打ち明けたなら、彼が行動を起こす動機を誰よりも先に讃《ほ》めてくれるにちがいないのだが。そんなわけで、彼には毒を採用するあらゆる理由があったのである。安全だし、確実だし、静かで、見苦しい騒ぎを起こす必要もない。彼は大方《おおかた》の英国人同様、そういう場面を心から嫌っていた。

しかしながら、毒物の科学については何ひとつ知らなかった。それに給仕は図書室

17 トマス・シェラトン（一七五一～一八〇六）が創始した家具の様式。垂直線が強調された優美なデザインで、一八世紀末から一九世紀初めに流行した。

へ行っても、「ラフ案内」と「ベイリー雑誌」[18]しか見つけられないようなので、彼は自分で書棚を調べ、しまいに『薬局方』の美装本とサー・マシュー・リードが編集したアースキンの『毒物学』を探しあてた。ちなみに、このリードという人物は王立医科大学の学長であり、バッキンガム・クラブの最古参会員の一人であるが、ほかの誰かと間違えられて会員に選ばれたのだ。委員たちはこの椿事《ちんじ》に激怒したため、間違えられた当人がやって来ると、全会一致で入会を拒否した。アーサー卿はこれらの本に使われている専門用語にはなはだ難渋《なんじゅう》し、オックスフォードで古典を良く勉強しなかったことを後悔しはじめたが、そのうちアースキンの第二巻に、アコニチン[19]の性質に関するじつに興味深い、行きとどいた記述が、わかりやすい英語で書いてあるのを見つけた。これこそ自分が求めている毒だと思った。効き目が速く――ほとんど即効性で――苦しみはまったくない。それにサー・マシューが推奨するゼラチン・カプセルの形で服用すると、けして不味《まず》くもないのである。そこで彼はシャツの袖口に致死量がどれほどかを書き留めると、本を元の場所に戻し、セント・ジェイムズ街をブラブラ歩いて、「ペスル・アンド・ハンビー」という大きな薬局へ行った。貴族の客にはいつも自分で応待するペスル氏は、注文にたいそう驚き、医師の証明書が必要だというようなことを恭《うやうや》しい態度でつぶやいた。しかし、アーサー卿は説明した。薬は大きなノルウェー・マスチフ犬に用いるので、この犬は狂犬病の初期症状を示しており、御者のふくらはぎに二度も嚙みついたから、処分しなければならないのだ、と。するとペスル氏は納得がいった旨《むね》を述べ、アーサー卿は毒物学の素晴らしい知識がおありですなと世辞を言って、すぐに調剤してくれた。

アーサー卿は、ボンド街の店の飾り窓で見つけた可愛らしい銀色のボンボン入れにカプセルを入れると、「ペスル・アンド・ハンビー」の不格好な薬箱を投げ捨て、馬車でさっそくクレメンティナ夫人の家へ向かった。

「まあ、悪い人《ムッシュー・ル・モーヴェ・スジェ》ね」老婦人は彼が部屋に入ると、言った。「どうしてずっと会いに来てくれなかったの？」

「クレム夫人、僕には自分の時間が一時《いっとき》もないんですよ」アーサー卿は微笑んで、

---

18 それぞれ「ラフ競馬案内 Ruff's Guide to the Turf」と「ベイリー娯楽消閑雑誌 Bailey's Magazine of Sports and Pastimes」の略。この二つの娯楽雑誌は、当時ロンドンの紳士のクラブに常備してあった。

19 トリカブトに含まれる猛毒。

言った。

「どうせ一日中、シビル・マートンさんと歩きまわって、シフォン[20]を買ったり、くだらないおしゃべりをしてるんでしょう。結婚するのに、どうしてそんな大騒ぎをするのか、わからないわ。わたしの若い頃は、人前でいちゃつき合うなんてことは夢にも思わなかったものよ。それを言うなら、二人きりの時もね」

「シビルとは二十四時間も会っていないんですよ、クレム夫人。僕の知る限り、彼女はすっかり帽子屋のものになっています」

「そうでしょうとも。わたしみたいな汚いお婆さんに会いに来る理由は、それしかありませんもの。あなたたち殿方は、どうして先のことがわからないんでしょう。わたしのために馬鹿をした人《オン・ナ・フェ・デ・フォリ・プール・モワ》もいるのよ。それが、今ではリューマチ病《や》みの哀れな年寄りで、前髪は鬘《かつら》だし、癇癪《かんしゃく》持ちときているんですからね。ほんとに、もしジャンセン夫人がいなかったら、どうしましょう。あの人はフランスの最低の小説を見つけちゃあ、送ってくれるの。さもなければ、一日を過ごせやしないわ。お医者さんはお金を取るばっかりで、何の役にも立ちゃしない。わたしの胸焼けも治せないんですから」

「胸焼けの薬を持って来たんですよ、クレム夫人」アーサー卿は真面目に言った。「素晴らしい特効薬です。アメリカ人が発明したんです」

「アメリカの発明なんて好きじゃないわ、アーサー。断然嫌いだわ。このせつアメリカの小説を読むんですけど、まるで馬鹿げているのよ」

「でも、この薬は馬鹿げてなんかいませんよ、クレム夫人！　請け合いますが、非の打ちどころのない治療薬です。試しに飲んでみると約束なさってください」アーサー卿はポケットから小箱を出して、夫人に渡した。

「まあ、箱は素敵ね、アーサー。ほんとにくださるの？　ありがとう。それで、これがその素晴らしい薬なの？　ボンボンみたいね。さっそく飲んでみましょう」

「とんでもない、クレム夫人！」アーサー卿は大声を上げて、夫人の手をつかんだ。「そんなことをしちゃいけません。これは同種療法の薬ですから、胸焼けもしないのにお飲みになると、どんなに害があるかしれません。具合が悪くなるまで待って、お飲みになって下さい。効き目にびっくりなさいますよ」

20　薄く柔らかいシフォン生地は花嫁衣裳によく使われる。

「今飲みたいんだけどねえ」クレメンティナ夫人はアコニチンの溶液の水泡《あわ》が浮いている、小さい透明なカプセルを光にかざした。「きっと美味しいと思うわ。じつはね、わたし、お医者は大嫌いだけど、お薬は大好きなのよ。でも、今度具合が悪くなるまで取っておきましょう」

「それはいつ頃ですかね？」アーサー卿は関心ありげにたずねた。「もうじきですか？」

「一週間は起こらないと思うわ。昨日の朝、ひどく辛《つら》い目に遭ったばかりですからね。でも、わかりませんよ」

「それじゃ、月末までにはきっと起こりますね。クレム夫人？」

「そう思うわ。でも、アーサー、今日は優しいのねえ！　ほんとに、あなたはシビルのおかげで随分良い子になったわ。さあ、それじゃ急いでお帰りなさい。わたしはすごく退屈な人たちと晩御飯を食べるの。人の噂話もしない連中でね。今眠っておかないと、食事中とても起きていられませんから。さようなら、アーサー、シビルによろしく言ってちょうだい。それから、アメリカのお薬をどうもありがとう」

「忘れずに飲んでくださいね、クレム夫人」アーサー卿はそう言って、椅子から立ち上がった。

「もろちん、忘れないわ。お馬鹿さんね。あたしのことを考えてくれて、ほんとに嬉しいわ。もし薬がもっと要《い》り用になったら、手紙にそう書きます」

アーサー卿は意気揚々として、それにすっかり肩の荷が下りた気持ちで、夫人の家を去った。

その夜、彼はシビル・マートンと会った。彼はシビルに言った。僕は突然ひどく面倒な立場に置かれて、名誉のためにも、義務としても、後《あと》に退《ひ》くことは許されない。この恐ろしいごたごたを解消するまでは自由の身になれないから、結婚は当面延期しなければならない。僕を信じて、将来のことは何も心配しないでくれ。万事上手《うま》く収まるだろうが、辛抱が必要だ、と。

二人がこの話をしたのは、パーク・レインにあるマートン家の温室でだった。アーサー卿はいつものように、この家で夕食をしたためたのだ。シビルはいまだかつてないほど幸福そうだったので、アーサー卿は一瞬、卑怯者《ひきょうもの》の役を演じたい誘惑に駆られた。クレメンティナ夫人に手紙を書いて、あの薬を取り返し、この世にポジャーズ氏などという人間はいなかったかのように、結婚の準備を進めたいと思った。しかし、彼の道義心がすぐに自らを主張し、シビルが泣きながら腕に飛び込んで来た時ですら、決心は揺るがなかった。彼の感覚を掻き乱した美しさは、彼の良心にも訴えた。このように清らかな人の一生を、二、三ヵ月の快楽のために滅茶苦茶にしてはならぬと感じたのだ。

彼は真夜中近くまでシビルと一緒にいて、慰め、かつ慰められた。そして翌朝早くヴェニスへ旅立ったが、その前にマートン氏に宛てて、結婚をやむなく延期する旨の男らしい、きっぱりした手紙を書いておいたのだった。

四

ヴェニスで彼は、たまたまヨットでコルフ島から来ていた弟のサービトン卿と出会った。青年二人は共に愉快な二週間を過ごした。午前中はリド島で馬に乗ったり、長い黒のゴンドラで緑の運河を上ったり下ったりした。午後はたいがいヨットで客を歓待《もてな》した。そして晩は「フローリアン」[21]で食事をし、広場《ピアッツァ》に面した席で数えきれないほどの煙草を吸った。しかし、アーサー卿は何となく気持ちが晴れなかった。クレメンティナ夫人の訃報《ふほう》が載っているかと期待して、「タイムズ」の死亡欄を毎日念入りに見たが、そのたびに失望した。夫人に何か思わぬ事故でも起こったのではないかと心配になり、彼女が薬の効き目を試したがっていたのに、アコニチンを飲ませなかったことを何度も後悔した。シビルの手紙も、愛情と信頼と優しさに溢《あふ》れてはいたものの、しばしばひどく悲しい調子だったので、彼女とは永久に別れてしまったのだと思うことが時々あった。

二週間すると、サービトン卿はヴェニスに飽きてしまい、海岸沿いにラヴェンナへ行くことにした。松林で素晴らしい山鴫猟《やましぎりょう》が行われると聞いたからである。アーサー卿は最初どうあっても行こうとしなかったが、大好きなサービトンに、ダニエリ[22]に独りでいたら鬱屈《うっくつ》して死んでしまうよと言われると、結局行く気になった。二人は十五日の朝、出発した。その日は強い北東の風が吹き、海には三角波が立っていた。猟は素晴らしく、のびのびした戸外の生活はアーサー卿の頬に血色を蘇《よみがえ》らせたが、

21　十八世紀創業のカフェ、レストラン。サン・マルコ広場にある。
22　原文 Danielli's とあるが、ヴェニスの有名ホテル Danieli のことであろう。

二十二日頃になると、クレメンティナ夫人のことが気になって、サービトンが反対するのも聞かず、汽車でヴェニスに戻った。

ゴンドラから上がってホテルの石段に足をかけた時、主人が一束の電報を持って出迎えた。アーサー卿はその手から電報をひったくると、封を切った。万事上手く運んでいた。クレメンティナ夫人は十七日の夜、急逝《きゅうせい》したのだ!

彼が最初に考えたのはシビルのことで、電報を打って、至急ロンドンに帰ると伝えた。それから従僕に命じて、夜行列車に間に合うよう荷造りをさせ、ゴンドラの船頭には普通の五倍も祝儀をはずみ、足取りも軽く浮きうきと部屋に駆け上がった。そこには三通の手紙が彼を待っていた。一通はほかならぬシビルからで、同情と哀悼《あいとう》の意に溢《あふ》れていた。他の二通は母とクレメンティナ夫人の弁護士からだった。老婦人はその夜、公爵夫人と食事をし、機智とエスプリでみんなを喜ばせたが、胸焼けがするとこぼして、少し早目に帰宅したらしい。翌朝、ベッドで死んでいるのが見つかったが、苦しんだ様子はなかった。サー・マシュー・リードがただちに呼ばれたが、むろん手の施しようはなく、二十二日にビーチャム・チャルコットに葬られることになった。夫人は死ぬ二、三日前に遺言状をつくり、アーサー卿にカーゾン街の小さな家と家具や手回り品、絵画一切を遺《のこ》した。ただし例外として、細密画のコレクションは妹のマーガレット・ラフォード夫人のところへ行き、紫水晶《アメジスト》の首飾りはシビル・マートンのものになった。財産は大したものではなかったが、弁護士のマンスフィールド氏は、アーサー卿にできればすぐ帰って来て欲しいと強く望んでいた。未払いの請求書がたくさんあり、クレメンティナ夫人はろくに家計簿などをつけなかったからである。

アーサー卿はクレメンティナ夫人の思いやりに深く心を打たれ、ポジャーズ氏には大いに責任があると感じた。しかし、シビルへの愛情が他のすべての感情を抑え、己の義務を果たしたという意識が、彼に安心と慰めを与えた。チャリング・クロスに着いた時は、まったく幸福そのものだった。

マートン家の人々は彼をたいそう暖かく迎えた。シビルはもう何物にも二人の間を割《さ》かせないと彼に約束させ、婚礼の日は六月七日に決まった。人生は彼にとってふたたび明るく美しいものに思われ、かつての喜びがすべて戻って来た。

ところが、ある日のこと、彼はクレメンティナ夫人の弁護士とシビル本人に伴われて、カーゾン街の家を調べていた。色褪《いろあ》せた手紙の束を焼き、抽斗《ひきだし》から古いがらくたを出して捨てていると、シビルが突然小さな喜びの声を上げた。

「何を見つけたんだい？」アーサー卿は仕事の手を休めて顔を上げ、微笑んだ。

「この可愛らしい銀のボンボン入れよ、アーサー。素敵じゃない？　オランダ風で。これ、わたしにちょうだいな！　紫水晶は八十歳過ぎまで、わたしには似合わないわ」

それはアコニチンの入っていた箱だった。

アーサー卿はハッとして、頬をかすかに赤らめた。自分のしたことを忘れかけていたのだ。彼はシビルのためにあの恐ろしい不安を味わったのだが、そのことを当のシビルが初めて思い出させるとは、奇妙な暗合のような気がした。

「もちろん、君にあげるとも、シビル。それは僕がクレム夫人にあげたものなんだ」

「まあ！　有難う、アーサー。それにボンボンもいただいて良《い》い？　クレメンティナ夫人がお菓子が好きだなんて、思わなかったわ。あの人、すごく知的だから、そんなことはないと思っていたの」

アーサー卿は死んだように蒼ざめ、恐ろしい考えが脳裡《のうり》をよぎった。

「ボンボンだって、シビル？　何のことだい？」彼はゆっくりと、かすれた声で言った。

「中に一つ残ってるの、それだけよ。古くて汚れているみたいだから、食べようなんて思わないわ。あら、どうしたの、アーサー？　顔色が真っ蒼よ！」

アーサー卿は慌てて部屋を横切り、箱を引ったくった。箱の中には毒の水泡《あわ》が入った琥珀色のカプセルがあった。結局、クレメンティナ夫人は自然死したのだ！

この事実を発見したショックはほとんど耐え難かった。彼はカプセルを火の中に投げ込み、絶望の叫びを上げて、ソファーに沈み込んだ。

五

マートン氏は二度目の結婚延期にいたく心を痛め、婚礼のためのドレスをもう注文してしまったジュリア夫人は、全力を尽くしてシビルに婚約を破棄させようとした。しかし、シビルは母親を深く愛してはいたものの、人生をすべてアーサー卿の手に委ねていたので、ジュリア夫人が何と言っても、彼女の信念は揺らがなかった。アーサー卿自身はといえば、恐ろしい落胆から立ち直るのに数日かかり、一時は全く神経に変調を来《きた》した。それでも、彼の優れた常識はやがて自己を主張し、健全で実際的な精神は、何をすべきかについて長いこと迷ってはいなかった。毒が見事に失敗したからには、ダイナマイトか何かの爆発物を試してみるべきであることは明らかだった。そこでもう一度友人と親戚の一覧表を見直し、慎重に考え抜いた揚句、チチェスターの首席司祭をつとめる伯父を吹き飛ばすことに決定した。教養も学識も豊かな首席司祭は時計が好きで好きでたまらず、十五世紀から今日に至る時計や時辰儀《じしんぎ》の素晴らしいコレクションを有していた。アーサー卿には、善良な首席司祭のこの趣味が、計画を実行するのに絶好の機会を与えてくれると思われたのだ。爆弾をどこで入手するかは、もちろん、全然別の問題だった。『ロンドン人名録』を見ても、その点に関しては何の情報も得られなかったし、スコットランド・ヤード[23]へ行ってもあまり役には立たないと感じていた。なぜなら、警察の連中は爆弾魔一派の動静について、爆発が起こるまでは何も知らないし、爆発が起こったあとでも、大して知らないようだったからである。

彼はふと友人ルヴァロフのことを思い出した。革命思想を強く持ったロシア青年で、この冬ウィンダミア卿夫人の家で会ったのである。ルヴァロフ伯爵はピョートル大帝の伝記を執筆中ということになっており、皇帝《ツァーリ》が船大工として英国に滞在した時期に関する文献を調べに、この国へ来たのだった。しかし、彼は虚無党《ニヒリスト》の密使だと誰もが疑っていて、ロシア大使館は彼がロンドンにいることを快く思っていないようだった。アーサー卿は彼こそ自分の目的を達するために必要な男だと思い、ある朝、ブルームズベリーの彼の宿まで馬車をとばして、助言と協力を求めた。

「それでは、君も真剣に政治を考えるようになったんですね?」ルヴァロフ伯爵は、アーサー卿が用向きを告げると、言った。しかし、アーサー卿は法螺《ほら》を吹くのが嫌いなので、こう言わねばならなかった――自分は社会問題にいささかの関心もなく、他人には関係のない純然たる家庭の事情で、爆発装置が必要なのだと。ルヴァロフ伯爵はびっくりしたようにしばらく彼をじっと見ていたが、本気であることがわかると、紙に所番地《ところばんち》を書いて、それに頭文字《かしらもじ》で署名し、テーブルごしに手渡した。

「スコットランド・ヤードはこの住所を知るためなら、大金を払うでしょう」

「僕は教えやしませんよ」アーサー卿は笑いながら言った。そしてロシア青年の手をしっかり握ると階下《した》へ駆け下り、紙を良く見て、ソーホー広場へやってくれと御者に

23　ロンドン警視庁の俗称。

言った。

そこで馬車を下り、グリーク街をぶらぶら歩いて行くと、やがてベイルズ・コートという場所に出た。拱道《きょうどう》をくぐり抜けると、その向こうは奇妙な袋小路で、フランス人の洗濯屋が借りきっているらしい。洗濯物を干す紐《ひも》が見事な網の目をなして、家から家へ張りめぐらされ、真っ白いリネンが朝の空気にはためいていた。彼はまっすぐ突きあたりまで歩いて行き、小さな緑の家の扉を叩いた。しばらく待たされているうちに、中庭の窓という窓は覗《のぞ》き見る人々の顔で埋《うず》まってしまったが、やがて荒っぽい顔つきをした外国人が扉を開けた。その男は下手な英語で、何の用かとたずねた。アーサー卿はルヴァロフ伯爵がくれた紙を渡した。男はそれを見ると会釈をして、アーサー卿を一階の正面にある、何ともむさ苦しい客間に通した。まもなく、ヴィンケルコプフ氏と英国では呼ばれている人物が、葡萄酒の染みに汚れたナプキンを首に巻き、左手にフォークを持ったまま、あたふたと部屋に入って来た。

「ルヴァロフ伯爵から御紹介いただきました」アーサー卿は会釈をして言った。「用件がありまして、ちょっとお話ししたいのです。わたしの名はスミス、ロバート・スミスと申しますが、時計爆弾を用意していただきたいのです」

「お目にかかれてまことに嬉しうございます、アーサー卿」愛想の良い小柄なドイツ人は笑って言った。「そんなに驚いた顔をなさらないで下さい。誰方《どなた》でも存じ上げていることがわたしの義務《つとめ》なのです。いつか晩にウィンダミア卿夫人のお宅でお目にかかったのを憶えておりますよ。夫人はお元気でしょうな。今、朝食を済ましてしまいますから、御一緒にいかがですか？　ちょうど美味しいパテがございますし、わたしのライン葡萄酒はドイツ大使館で出すものよりも上等だと、友人たちは言ってくれるのですよ」アーサー卿は、顔を知られている驚きも冷めやらぬうちに奥の部屋に坐らされて、ドイツ皇帝の頭文字を組み合わせた紋様が入っている薄黄色のライン葡萄酒用グラスから、世にも芳醇《ほうじゅん》なマルコブリュンナーをすすり、有名な陰謀家とすっかり親しげにおしゃべりをしていた。

「時計爆弾は」とヴィンケルコプフ氏は言った。「輸出用にはあまり向かないのです。たとえ首尾《しゅび》良く税関を通ったとしても、鉄道の運行がしごく不規則ですから、たいてい目的地へ着く前に爆発してしまいます。ですが、国内でお使いになりたいのでしたら、良い品物を御用意できますし、結果には御満足いただけることを保証いたします。誰のためにお使いになるか、お訊ねしてもよろしいですかな？　もしも警察を狙《ねら》うとか、スコットランド・ヤードの関係者を狙うということでしたら、残念ながらお役に立ちかねます。英国の刑事たちは本当に我々の最善の味方でございまして、我々はいつもかれらの愚かさのおかげで、思い通りのことができるのですから。あの連中の一人でも欠けては困るのですよ」

「大丈夫」とアーサー卿は言った。「警察とは何の関係もありません。じつを言うと、時計はチチェスターの首席司祭のために使うんです」

「おやおや！　あなたが宗教のことにそんなに御熱心とは思いも寄りませんでしたよ、アーサー卿。近頃のお若い方にはお珍しい」

「それは買いかぶりです、ヴィンケルコプフさん」アーサー卿は赤くなって言った。「じつのところ、神学のことなんか本当に何も知らないんですから」

「それでは、まったく私的なことなのですか？」

「まったく私的なことです」

ヴィンケルコプフ氏は肩を竦《すく》めて部屋を出て行ったが、二、三分すると、一ペニー硬貨ほどの大きさの丸いダイナマイトの塊と、可愛らしい小さなフランス製の置時計を持って戻って来た。置時計の天辺《てっぺん》には、金鍍金《きんめっき》の〝自由〟の女神像がのっていて、

〝専制〟のヒュドラ[24]を踏みつけていた。

それを見ると、アーサー卿の顔がパッと明るくなった。「これこそ僕が望んでいたものです」と彼は叫んだ。「それじゃ、どうすれば爆発するのか教えてください」

「ああ！　それはわたしの秘密でしてね」ヴィンケルコプフ氏は自分の発明を、罪のない誇らしげな顔でつくづくと見ながら、答えた。「いつ爆発させたいかおっしゃってください。きっかりその時刻に調節いたしますから」

「そうですね。今日は火曜日ですから、今すぐ発送するとして――」

「そいつは無理です。ただ今、モスクワの友人のために大事な仕事をたくさん引き受けておりましてね。それでも、明日にはお送りできると思いますが」

「ああ、それなら十分間に合います！」アーサー卿は慇懃《いんぎん》に言った。「明日の夜か木曜の朝、届くようにできるでしょう。爆発の時間は、そうだな、金曜日の正午きっかりにして下さい。首席司祭はいつもその時間、家にいるんです」

「金曜の正午ですね」ヴィンケルコプフ氏はそう繰り返すと、暖炉のそばの書物机に

24　ギリシア神話に登場する水蛇の怪物。

置いてある大きな帳簿《ちょうぼ》に、その旨《むね》を書き込んだ。

「それでは」アーサー卿は椅子から立ち上がって、言った。「いかほどお支払いすればよろしいか、おっしゃって下さい」

「些細《ささい》なことですから、アーサー卿、お金などいただきたくないのです。ダイナマイトは七シリング六ペンスです。時計は三ポンド十シリングといったところでしょう。送料は五シリングほどかかります。わたしはルヴァロフ伯爵のお友達のお役に立つことができれば、それだけでもう嬉しいのです」

「しかし、あなたのお手間は、ヴィンケルコプフさん？」

「いや、そんなもの、何でもありませんよ！　わたしにとっては楽しみなんです。わたしは金のためには仕事をしません。ただただ、わが芸術のために生きているんです」

アーサー卿はテーブルに四ポンド二シリング六ペンスを置くと、小柄なドイツ人の親切に礼を言った。今度の土曜日に開かれる茶会で、何人かの無政府主義者《アナーキスト》に会うことを勧められたが、それは体良《ていよ》く断わり、その家を出て公園《パーク》へ向かった。

次の二日間、彼は極度の興奮状態にあり、金曜日の正午になると、馬車で「バッキンガム」へ行って、報《しら》せを待った。午後一杯、無表情な玄関番は全国各地から来る電報を貼り出した。電報は競馬の結果や、離婚裁判の判決、天気の模様等々を伝えていた。一方、電信機はカチカチと音を立てて紙テープを打ち出し、下院で徹夜の審議が行われたことや、株式取引所での小さな恐慌について、退屈な詳細を報じた。四時になると夕刊が来て、アーサー卿は「ペルメル」と「セント・ジェイムズ」[25]、「世界《グローブ》」、それに「エコー」を持って図書室に姿を消してしまった。これにひどく立腹したのはグッドチャイルド大佐だった。大佐はその朝、南アフリカへの伝道と各州に黒人主教を置くことの是否についてロンドン市長公邸で演説したので、その記事を読みたかったのだが、何かの理由で「イヴニング・ニューズ」[26]には強い反感を抱いていたからである。しかし、どの新聞を見ても、チチェスターのことなど一言も載っていなかったので、もくろみは失敗したに違いないとアーサー卿は感じた。それは彼にとってひどい打撃であり、しばらくの間、悄気込《しょげこ》んでしまった。翌日ヴィンケルコプフ氏に会い

25　それぞれ「ペルメル・ガゼット」「セント・ジェイムズ・ガゼット」の略。
26　「イヴニング・ニューズ」は「エコー」と共に保守派の新聞。

に行くと、相手はしきりに詫《わ》びを言って、代わりの時計を無料で差し上げるか、ニトログリセリン爆弾を原価で提供しましょうと申し出た。しかし、アーサー卿はもう爆弾を信じられなくなっていたし、ヴィンケルコプフ氏自身も認めて言うには、当節はあらゆるものの品質が落ちていて、ダイナマイトですら純粋な状態のものはめったに手に入らないのだそうだ。しかし、小男のドイツ人は、時計の仕掛が故障したに違いないことは認めたものの、それでもいつかは爆発するという希望を捨てていなかった。彼はかつてオデッサの軍司令官に送った晴雨計の一件を引き合いに出した。それは十日後に爆発するよう調整してあったのだが、三ヵ月ほどウンともスンともいわなかったのである。やっと爆発した時は、女中を粉々に吹き飛ばしただけだったが――司令官は六週間前に町を出ていたので――少なくとも、この事実は、破壊力としてのダイナマイトが、機械で制御している場合、時間には少し不規則かもしれないが、強力な武器であることを示していた。アーサー卿はそう考えるといささか慰められたが、この点でも失望を味わう運命にあった。それから二日後、二階へ上がろうとすると、公爵夫人が彼を自室に呼び入れて、首席司祭館から来たばかりの手紙を見せたのである。

「ジェーンは素敵な手紙を書くわね」と公爵夫人は言った。「最後に来た手紙は、ぜひ読まなきゃ駄目よ。ミューディー[27]から送ってよこす小説と同じくらい面白いわ」

アーサー卿は夫人の手から手紙を取った。内容は次の通りだった――

チチェスター、首席司祭館

五月二十七日

親愛なる伯母様、

ドルカス会[28]にフランネルをお贈り下さいまして、どうも有難うございました。それから、ギンガムも。あの人たちが綺麗な物を着たがるなんて馬鹿げたことだとおっしゃるのには、まったく同感です。けれども、当節は誰も彼も急進派で、信仰心がありませんから、上流階級のような身形《みなり》をしたがるべきではないといっても、中々わかってもらえないのです。ほんとに、これから世の中はどうなって

27　チャールズ・エドワード・ミューディー（一八一八～九〇）が始めた貸本図書館。利用者に最新の本を届けた。

28　ドルカスは新約聖書「使徒行伝」に登場する婦人で、貧しい者のために服をつくるなどの施しをした。これはその名を冠した慈善団体ということであろう。

しまうんでしょう。パパがお説教でよく言っているように、わたしたちは不信の時代に生きているんですのね。

この前の木曜日、パパを尊敬する見ず知らずの人が時計を贈ってくれて、たいそう愉快な思いをしました。木箱に入れてロンドンから送って来たのですが、送料は元払いでした。送り主は、「放縦《ほうしょう》は自由か?」というパパの立派なお説教を読んだのだろうとパパは思っています。というのは、時計の上に女の人の像がついていて、パパが言うには、〝自由〟の女神の帽子を被《かぶ》っていたからです。その帽子、わたしはあまり似合わないと思いましたけれども、パパが言うには歴史的な由緒《ゆいしょ》があるのだそうですから、きっとあれで良いんでしょう。パーカーが包みを開けて、パパはそれを図書室の炉棚に置きました。そして金曜日の午前中、みんなしてそこに坐っていると、時計が十二時を打った瞬間、シュルシュルという音が聞こえて、像の台座から小さな煙が上がり、〝自由〟の女神が転《ころ》げ落ちて、炉格子《ろごうし》にぶつかって、鼻が欠けてしまいました! マライアはひどくびっくりしましたが、あんまり可笑《おか》しかったので、ジェイムズとわたしは大笑いして、パパも面白がっていました。良く調べてみると、それは一種の目醒まし時計で、時間に合わせて小さな撃鉄《げきてつ》の下に火薬と雷管を入れておくと、いつでも好きな時に破裂するんです。うるさいから図書室に置いといてはいけないとパパが言うので、レジーが勉強部屋に持って行きました。そうして一日中、小さな爆発を起こして遊んでいます。これを一つ結婚祝いにあげたら、アーサーは喜ぶと思いますか？ロンドンでは、こういう時計が流行《はや》っているんでしょうね。パパは非常にためになる時計だと言っています。〝自由〟など長続きせず、きっと崩壊することを示しているからですって。パパが言うには、〝自由〟はフランス革命の時に発明されたんだそうです。何て恐ろしいことでしょう！

わたしはもうドルカス会に行かなければいけません。行ったら、伯母様のためになるお手紙をみんなに読んで聞かせますわ。ああいう身分の人は、似合わない服を着るべきだという伯母様のお考えは、本当にその通りですわ。この世にもあの世にも、もっと大切なことがたくさんあるというのに、服装のことを気にするなんて、馬鹿げていると言わなければなりません。せんだっては、花紋様のポプリンがたいそう素敵で、それにレースが破《やぶ》けなくて、本当に良うございました。わたしは水曜日、主教様のところへ、伯母様が下すった黄色の繻子《しゅす》を着てまいりますが、きっと良く映《は》えると思います。蝶結びのリボンはおつけになりますか？今では誰でも蝶結びのリボンをしているし、アンダースカートはフリルにするべきだってジェニングズが言うんです。レジーがまた爆発を起こしたので、パパはあの時計を厩《うまや》へ持って行くように言いつけました。パパは初めのうちほどあれを気に入っていないようですが、あんな可愛らしい、気の利《き》いた玩具《おもちゃ》を贈られたことは、すごく得意に思っています。人々がパパのお説教を読んで、得るところがあることを示していますから。

パパがよろしくと言っています。ジェイムズとレジーとマライアも同じです。セシル伯父様の痛風が良くなることをお祈りしています。親愛なる伯母様、あなたの姪より。

ジェーン・パーシー

追伸――蝶結びのリボンのことを教えてくださいね。ジェニングズはそれが今流行《はやり》だと言うんです。

アーサー卿は手紙を見ながら、いとも深刻な暗い顔をしたので、公爵夫人は笑い出した。

「まあ、アーサー」と夫人は言った。「あなたにはもう二度と若いお嬢さんの手紙を見せませんよ！　でも、その時計のことは何て言おうかしら？　すごい発明だと思うけれど。わたしも一つ欲しいわ」

「僕はそんなに大したものだとは思いませんね」アーサー卿は悲しげな微笑を浮かべて、そう言うと、母親にキスをして部屋を出た。

二階へ上がると、彼はソファーに身を投げ出した。その目には涙が溢れていた。殺人を犯すために全力を尽くしたのだが、二度までも失敗《しくじ》った——それも自分のせいではないのだ。己の義務を果たそうとしたが、〝運命〟の女神自らが裏切り者になったかのようだった。善意は不毛であり、高潔であろうとしても空《むな》しいと感じて、彼は鬱《ふさ》ぎ込んだ。婚約はすっかり破談にした方が良いかもしれない。たしかにシビルは苦しむだろうが、彼女のように気高い性質の人間は、苦しんでも本当に傷つけられることはない。自分自身についていえば、それぐらい何だというのだ？　男一人が死ねる戦争、男が生命《いのち》を捧げられる大義なら、いつでも世界のどこかに転がっている。生がもはや自分にとって何の喜びでもないように、死も何の恐怖でもない。〝運命〟の女神が自分を滅ぼすにまかせよう。こちらから進んでそれに手を貸したりはすまい。

彼は七時半に着替えて、クラブへ行った。サービトンが若い仲間と来ていたので、一緒に食事をしなければならなかった。かれらの軽薄なおしゃべりや、つまらない冗談は興味を引かず、コーヒーが来るとすぐに約束があると言って、退散した。クラブを出ようとした時、玄関番が一通の手紙を渡した。差出し人はヴィンケルコプフ氏で、明晩お越しいただきたい。開《ひら》いたとたんに爆発する傘爆弾を見てくれというのだった。最新の発明で、ジュネーヴから届いたばかりだという。彼は手紙をビリビリに引き裂いた。もう何も試みないことに決めていたのだ。それから、テムズ川の川岸通りへ歩いて行って、川縁《かわべり》に何時間も坐っていた。月が黄褐色の雲の鬣《たてがみ》の隙間《すきま》から、ライオンの眼のように覗いていた。数知れぬ星々が虚《うつ》ろな天蓋《てんがい》にきらめき、紫の丸天井に金粉をふり撒《ま》いたようだった。時折、大きな艀船《はしけぶね》が濁《にご》った流れの中へゆらゆらと乗り出し、潮に乗って流れ去った。鉄道の信号が緑から赤に変わると、汽車が金切り声を上げて橋を渡った。しばらくすると、ウェストミンスターの高い塔から十二時を告げる鐘が鳴り響き、朗々《ろうろう》とした鐘の音が一つ一つ鳴るたびに、夜空が震えるかと思われた。やがて鉄道の明かりは消え、たった一つ残されたランプが、巨《おお》きな帆柱の上についている大粒のルビーのように光って、街のどよもしは微《かす》かになった。

彼は二時になると立ち上がり、ブラックフライアーズの方へ漫然と歩きだした。すべてが何と非現実的に見えたことだろう！　奇妙な夢に何と似ていたことだろう！　川向こうの家々は闇でつくられているようだった。銀と影とが世界を新しく造り直したかのようだった。聖《セント》ポール寺院の巨大な丸屋根が、薄暗い空から水泡《あわ》のように浮かび上がっていた。

クレオパトラの針[29]に近づいた時、一人の男が欄干《らんかん》に凭《よ》りかかっているのを見た。近くに寄ると、その男は上を向いて、ガス灯の明かりが顔をまともに照らし出した。手相術師のポジャーズ氏ではないか！　その肥った締《し》まりのない顔、金縁眼鏡、陰《いん》にこもったような弱々しい微笑み、厭《いや》らしい口は見まごうべくもなかった。

29　古代エジプトの方尖塔《オベリスク》で、一八一九年にエジプトの支配者ムハンマド・アリから英国に贈られ、一八七八年、川岸通りに置かれた。もともとヘリオポリスにあったが、クレオパトラがアレクサンドリアに運んだことから、この名がある。

アーサー卿は立ち止まった。素晴らしい考えが頭に閃《ひらめ》き、うしろからそっと忍び寄った。次の瞬間、ポジャーズ氏の両脚をつかんで、テムズ川に投げ込んでいた。口汚い罵《ののし》り声とドブンという水音、そしてあたりは静かになった。アーサー卿は不安げに川を見やったが、手相術師の姿はなく、月光に照らされた水面《みなも》の渦巻の中で、山高帽子が爪先旋回《ピルエット》をしているだけだった。やがてその帽子も沈み、ポジャーズ氏は跡《あと》形《かた》もなく消え失《う》せた。一度、嵩張《かさば》った不格好な姿が橋元の石段に向かって泳いで行くのを見たような気がして、失敗《しくじ》ったかと思い、胆《きも》を冷やしたが、それは水にうつった影にすぎず、月が雲間からあらわれて輝き出すと、消えてしまった。彼はとうとう運命の宣告を実現したらしい。深い安堵《あんど》の嘆息《ためいき》をつき、シビルの名が唇に上った。

「何か物でも落とされましたか?」背後から突然声がした。

ふり返ると、角灯を持った警官がいた。

「大した物じゃありませんよ、巡査《おまわり》さん」彼は微笑みながらそう答えると、通りかかった二輪馬車を呼びとめて跳び乗り、ベルグレイヴ広場へ行けと御者に命じた。

そのあとの二、三日間、彼は希望と不安の間を揺れ動いた。ポジャーズ氏が今にも部屋へ入って来るかと思われる時もあったが、またある時は、〝宿命〟といえども、それほど自分に不公平な仕打ちはするまいと感じた。ウエスト・ムーン街の手相術師の住所へ二度ばかり行ってみたが、呼鈴を鳴らす勇気が起こらなかった。はっきりさせたいのは山々だが、それを懼《おそ》れてもいたのだ。

しまいに決着はついた。彼はクラブの喫煙室に坐ってお茶を飲みながら、サービトンが「ゲイエティ座」で歌っている最新のコミック・ソングの話をするのを、いささか物憂げに聞いていた。そこへ給仕が夕刊を持って入って来た。彼は「セント・ジェイムズ」を取り上げて、大儀《たいぎ》そうにページを繰《く》っていると、こんな奇妙な見出しが目に留まった。

手相術師の自殺

彼は興奮のあまり真っ蒼になって、読みはじめた。記事は次のようなものだった。

昨日の朝七時、高名な手相術師セプティマス・R・ポジャーズ氏の死体がグリニッジの川岸、シップ・ホテルの真正面に打ち上げられた。不運な紳士は数日来行方不明になっており、手相術の関係者たちは安否を気遣っていた。氏は過労のため一時的な精神錯乱を来《きた》して自殺したものと思われ、本日の午後、検死陪審でもその旨の結論が下された。ポジャーズ氏は〝人間の手〟を主題とした苦心の論著を完成したばかりで、その本は近く刊行される。出版の暁《あかつき》には、大いに世の注目を引くことは疑いない。故人は六十五歳、親族はいない模様である。

アーサー卿は新聞を手に持ったままクラブを飛び出し、玄関番は驚いて止めようとしたが、無駄だった。卿はすぐにパーク・レインへ馬車を走らせた。シビルは窓からその姿を見たが、何だか良い報せを持って来たような気がした。駆け下りて彼を出迎え、顔を見たとたんに、万事上手く行ったことがわかった。

「愛《いと》しいシビル」アーサー卿は叫んだ。「明日、結婚しよう！」

「お馬鹿さんね！　ケーキもまだ注文していないじゃない！」シビルは笑いながら涙を流して言った。

六

三週間後、婚礼が行われた時、聖《セント》ピーター教会は粋《いき》な身形《みなり》をした人々の群れでごった返した。式はチチェスターの首席司祭がいともおごそかに執《と》り行い、こんなに縹緻良《きりょうよ》しの新郎新婦は見たことがない、と誰もが口をそろえて言った。しかし、二人は縹緻良しなだけではなかった——幸福だったのである。アーサー卿はシビルのために耐え忍んだ苦しみを片時《かたとき》たりと後悔しなかったし、シビルの方も、女が男に与えられる最善のもの——崇拝と、優しさと、愛とを彼に与えた。二人にとって、ロマンスが現実に殺されることはなかった。二人はいつまでも若々しい気持ちを持っていた。

数年後、二人の美しい子供が生まれると、ウィンダミア卿夫人はオールトン修道院《プライオリー》[30]へ訪ねて来た。ここは綺麗な古い屋敷で、公爵が結婚祝いに息子に贈ったのである。

30　かつて修道院だった建物を、呼び名を改めずに個人の邸宅に使っている。英国にはこうした例が多い。

ある日の午後、彼女はアーサー卿夫人と庭の科《しな》の木の蔭に坐って、幼い男の子と女の子が、気まぐれな陽射しのように、薔薇の散歩道を駆けまわって遊ぶのをながめていた。その時、ウィンダミア卿夫人はいきなり女主人の手を取って、言った。「シビル、あなた幸せ？」

「ウィンダミア卿夫人、もちろん、幸せですわ。あなたはそうじゃありませんの？」

「わたしは幸せになる時間《ひま》がないのよ、シビル。いつも新しく紹介された人を好きになるんですけど、たいてい、人となりを知ったとたんに飽きてしまうの」

「ライオンたちには満足できませんの、ウィンダミア卿夫人？」

「まあ、全然駄目よ！　ライオンは一社交季節《シーズン》しか保《も》たないんですもの。鬣《たてがみ》を切ったとたんに、世にもつまらない連中になってしまうの。それに、あの人たちはこちらが本当に良くしてあげると、ひどくお行儀が悪くなるんです。あの厭なポジャーズさんを憶えていて？　あの人、ひどいぺてん師だったのよ。もちろん、わたしはそんなこと気にしなかったし、お金を貸してくれと言っても許してあげましたけど、わたしに言い寄るのは我慢できなかったわ。ほんとに、あの人のせいで手相術師というものが大嫌いになっちゃった。今はテレパシーに凝《こ》っているの。この方がずっと面白いわ」

「ここでは手相術の悪口をおっしゃってはいけませんわ、ウィンダミア卿夫人。アーサーは、そのことだけは人が茶化《ちゃか》すのを好みませんの。手相術に関しては本気なんです」

「まさか信じているわけじゃないでしょうね、シビル？」

「本人に訊いてごらんなさい、ウィンダミア卿夫人。ほら、こちらへ来ますわ」アーサー卿は黄色い薔薇の大きな花束を手に持って、庭を歩いて来た。そのまわりで二人の子供が跳ねまわっていた。

「アーサー卿？」

「はい、ウィンダミア卿夫人」

「あなた、まさか手相術を信じているんじゃないでしょうね？」

「もちろん信じていますよ」青年は微笑んで言った。

「でも、なぜなの？」

「なぜなら、僕は手相術のおかげで人生の幸福をすべて手に入れたからです」彼はそうつぶやきながら、籐《とう》の椅子にどっかりと坐り込んだ。

「まあ、アーサー卿、手相術のおかげで何を手に入れたというの？」

「シビルです」彼は答えながら妻に薔薇の花束を渡し、彼女の菫色《すみれいろ》の眼を覗き込んだ。

「何て馬鹿な話でしょう！」とウィンダミア卿夫人は言った。「こんな馬鹿な話、生まれて初めて聞いたわ」

カンタヴィルの幽霊

——物質観念論的ロマンス——

一

アメリカ公使ハイラム・B・オーティス氏がカンタヴィル猟園《チェイス1》を買った時、愚かなことをするものだ、とみんなから言われた。あの屋敷に幽霊が出ることは間違いないのだから、と。実際、カンタヴィル卿自身も信義に厚い人だったので、オーティス氏と条件を話し合う時、その事実に触れることを己の義務と感じたのである。

「もうせん、大叔母のボルトン公爵未亡人が」とカンタヴィル卿は言った。「晩餐のために着替えをしておりましたら、骸骨の二つの手が肩に触りましてね。大叔母は恐怖のあまり発作を起こして、それっきり本復《ほんぷく》しなかったのです。以来、私どももあの屋敷に住む気にはなれませんでね。オーティスさん、これは申し上げておかなければならないと思うのですが、今も生きている私の家族が何人も幽霊を見ております。それに教区の牧師さんもです。この方はオーガスタス・ダンピアー師といいまして、ケンブリッジ大学のキングズ学寮《コレッジ》の特別研究員なのですがな。公爵夫人の不幸な事件以来、若い召使いは誰も、私どものところに寝泊まりしようといたしません。それに、家内も夜ほとんど眠れないことがよくありました。廊下や書斎から怪しい物音が聞こえて来るからでして」

「閣下」と公使はこたえた。「家具と幽霊も込みで買い取ろうと思います。私は金で買える物なら何でもある現代的な国からまいりました。我々の活発な若者たちが旧世界で大騒ぎをして、貴国《おくに》の最高の女優だのプリマドンナだのをさらって行くところを見ますと、ヨーロッパにもし幽霊などというものがいるなら、もうじき我が国の公立博物館か、旅回りの見世物で見られることでしょう」

「幽霊は実在すると思いますよ」カンタヴィル卿は微笑を浮かべて言った。「貴国《おくに》の意欲的な興行師の申し出は、今まで拒《こと》わったかもしれませんがね。あれはもう三百年この方、じつに一五八四年から良く知られておりまして、家族の誰かが死ぬ前には必

1　猟園 Chase とあるが、屋敷の名である。

ず姿を現わすのです」

「それをおっしゃるなら、かかりつけのお医者も同じですよ、カンタヴィル卿。しかしね、幽霊などいませんし、自然の法則は英国貴族のために曲げられたりはしないと思いますが」

「アメリカの方々は、たしかにたいそう自然なのでしょうな」カンタヴィル卿はオーティス氏が最後に言ったことを良く呑《の》み込めないまま、こたえた。「あの家に幽霊がいてもかまわないとおっしゃるのなら、結構です。ただ、私が警告したことだけはお忘れにならないで下さい」
二、三週間後、買い取りの手続きは完了して、その社交季節《シーズン》の終わり頃、公使一家はカンタヴィル猟園へやって来た。オーティス夫人は、かつて西五十三丁目のリュクリーシア・R・タッパン嬢として評判のニューヨーク美人だったが、今もたいそう綺《き》麗《れい》な中年婦人で、美しい眼と見事な横顔を持っていた。えてしてアメリカの御婦人は、母国を離れると、慢性的に不健康な外見を装《よそお》うものである。それが一種のヨーロッパ的洗練だと思ってそうするのだが、オーティス夫人はかかる錯誤《あやまち》を犯さなかった。じつに壮健で、本当に驚くほど元気にあふれていた。実際、彼女は多くの点でまったくイギリス人同様であり、当節、我々があらゆるものを――もちろん、言語だけはべつだが――アメリカと共有していることの見事な実例だった。彼女の長男はワシントンという名前だった。この洗礼名は両親がいっときの愛国心に駆られてつけたもので、当人はそのことをたえず苦にしていたが、金髪で、中々の美青年だった。彼はニューポート・カジノ[2]で三社交季節《シーズン》立てつづけに社交ダンスをリードしたことによって、アメリカ的外交手腕があることを証明し、ロンドンでもダンスの名手として知られていた。梔子《くちなし》の花と貴族だけが彼の弱点で、そのほかの点では、まことに分別があった。ヴァージニア・E・オーティス嬢は十五歳の少女で、仔鹿のようにしなやかで美しく、大きな青い眼には上品な奔放《ほんぽう》さがうかがわれた。彼女は素晴らしい女傑で、一度老ビルトン卿と競走をしたことがある。小馬に乗ってハイド公園《パーク》を二周し、アキレス像の真ん前で、一馬身半の差をつけて勝った。それを見たチェシャー若公爵は大喜びし、その場で結婚を申し込んだが、その晩、後見人たちにイートン校へ送り返されて、涙

2　アメリカのニューポートに一八八〇年に設立された社交クラブで、賭博場ではない。各種スポーツや音楽、ダンスなどの娯楽を提供した。

にくれたのだった。ヴァージニアのあとには双子《ふたご》がいた。年中鞭《むち》で打たれているため、ふだん「星条旗」[3]と呼ばれていた。愉快な男の子たちで、尊敬すべき公使閣下を除けば、家族の中で唯一の真の共和党支持者だった。

　カンタヴィル猟園は最寄りの鉄道駅アスコットから七マイルも離れていたので、オーティス氏はあらかじめ電報を打って遊覧馬車に迎えに来てもらい、一同は意気揚々と乗って出た。美しい七月の夕暮れで、松林の馨《かぐわ》しい香りがあたりに漂っていた。時折、己《おの》が美声に聞き惚れる森鳩《もりばと》の声が聞こえたり、ざわめく羊歯《しだ》の茂みの奥に、雉《きじ》のつややかな胸が見えたりした。馬車が通りかかると、小さな栗鼠《りす》が橅《ぶな》の木からじっとこちらを見ていたし、兎《うさぎ》は白い尾を宙に振りながら藪《やぶ》を抜け、苔《こけ》の生えた小さい丘を越えて、一散に逃げ走った。ところが、カンタヴィル猟園の並木道にさしかかると、空は突然雲に覆われ、奇妙な静寂が大気を領《りょう》するかに思われて、深山烏《みやまがらす》の大きな群れが頭上を音もなく飛んで行った。そして家に着かないうちに、大粒の雨がポツポツと降りだした。

　玄関の石段に立って一同を迎えたのは、黒い絹の服をきちんと着て、白い帽子と前掛けをつけた老婦人だった。女中頭のアムニー夫人で、オーティス氏はカンタヴィル卿夫人の熱心な頼みをうけて、もとの身分のまま雇いつづけることを承知したのである。夫人はみんなが馬車から降りると、一人一人に丁寧なお辞儀をして、風変わりな、古風な調子で言った。「カンタヴィル猟園にようこそお越しあそばしました」一同は夫人のあとに随《つ》いて、立派なチューダー朝様式の玄関広間を通り抜け、図書室へ入った。そこは細長く、天井の低い部屋で、黒い樫《かし》の羽目板が張りまわされ、突きあたりにはステンドグラスの大窓があった。一同のためにお茶の支度《したく》がしてあり、みんなは肩掛けなどを脱ぐと腰を下ろして、まわりをながめはじめた。アムニー夫人がその間、給仕をした。

オーティス夫人は、暖炉のすぐそばの床にくすんだ赤い染みがあるのにふと気づいて、それが何を意味するのかまったくわからず、アムニー夫人に言った。「何かそこにこぼしたみたいね」

「はい、奥様」年老《としと》った女中頭は小声でこたえた。「あそこには血がこぼれたのでございますよ」

3 星条旗の原語は The Stars and Stripes だが、stripe には鞭打ちの意味がある。

「まあ、いやだ」オーティス夫人は言った。「居間に血の染みがあるなんて、御免《ごめん》だわ。すぐに拭《ふ》き取ってしまわなきゃ」

老婦人はニヤリと微笑《わら》い、やはり低い謎めいた声で答えた。「あれはエリナー・ド・カンタヴィル夫人の血でございます。この方は一五七五年に、ちょうどあの場所で夫君のサー・サイモン・ド・カンタヴィルに殺されたのです。サー・サイモンは夫人の死後も九年間生き延《の》びましたが、まことに謎めいた状況で突然失踪《しっそう》しました。遺体はついに見つかりませんでしたが、罪深い霊魂は今もこの猟園に取り憑《つ》いているのです。あの血の染みは旅行者などにたいそう珍しがられておりまして、どうやっても取れないのでございます」

「そんな馬鹿なことはないよ」とワシントン・オーティスが言った。「〝ピンカートンの優等染み抜き〟と〝模範洗剤〟を使えば、あっという間に綺麗になっちまうよ」そして恐怖にかられた女中頭が止めるひまもないうちに、膝をついて、黒い化粧品のような小さな棒で床をゴシゴシ磨《こす》りだした。二、三秒もすると、血の染みは跡形《あとかた》もなくなった。

「ピンカートンなら消えると思った」彼は感心している家族の顔を見まわしながら、

誇らしげにそう言った。ところが、その言葉を口にするや否や、恐ろしい稲光《いなびかり》が暗い部屋をピカリと照らし、凄《すさ》まじい雷が鳴り渡ったので、みんなはギョッとして立ち上がり、アムニー夫人は気を失った。

「何というひどい天候だ！」アメリカ公使は落ち着いてそう言いながら、長い両切り葉巻に火を点《つ》けた。「この古い国は人口過剰で、まっとうな天気がみんなに行き渡らないんだろう。イギリスは海外移民するしかないとわしはかねがね思ってるんだ」

「ねえ、ハイラム」とオーティス夫人が言った。「失神する女の人って、どうしたものかしらね？」

「皿を割ったのと同じように、給金から差《さ》っ引《ぴ》きなさい」と公使はこたえた。「そうすれば、もう失神しなくなるだろう」果たして、アムニー夫人はやがて正気に返った。しかし、ひどく動揺していることはたしかで、この家に何か禍《わざわ》いがふりかかるでしょうから、用心なさいとオーティス氏に厳しく警告した。

「わたしはこの目で、いろいろなことを見て来たのでございます」と夫人は言った。「どんな人間でも身の毛がよだつようなことを。それに、ここで行われた恐ろしいことのために、まんじりともできなかった夜がどれほどございましたことか」しかしながら、オーティス氏と夫人は、幽霊など怖くはないと正直な女に優しく言い聞かせた。年老いた女中頭は、新しい主人夫婦に天の加護があることを祈り、給料を上げてもらう取り決めをしてから、よちよちと自分の部屋へ下がった。

二

嵐は夜通し荒れ狂ったが、べつに変わったことは起こらなかった。ところが、翌朝朝食のために下りて来ると、あの恐ろしい血の染みがふたたび床についていたのである。「〝模範洗剤〟が悪いんじゃないと思うな」とワシントンは言った。「いろんな物で試してみたからね。幽霊の仕業《しわざ》にちがいないよ」彼はそこでもう一度染みを磨《こす》って消したが、翌《あく》る日の朝になると、また現われた。三日目の朝もそこについていたけれども、図書室はオーティス氏自身が晩に鍵をかけて、鍵は二階へ持って行ったのである。こうなると、家族全員が興味を持った。オーティス氏は、幽霊の存在を否定したのは独断的すぎたかもしれないと思いはじめ、オーティス夫人は〝心霊協会〟に入る意志を表明し、ワシントンは〝犯罪と結びついた血痕の永続性〟について、マイヤーズ氏[4]とポドモア氏に長文の手紙をしたためた。しかしその夜、亡霊の客観的存在に関する疑惑は永久に解消したのである。

昼間は暖かく、日が照っていた。一家は夕方涼しくなると、遠乗りに出かけた。帰って来たのは九時をまわってからで、それから軽い夜食をとった。幽霊の話はひとつも出なかったから、心霊現象が起こる前に、しばしば見うけられる基本条件——すなわち、人々がそれを期待し、受け入れる気持ちを持つという条件すらも、ととのっていなかったのである。話題に上《のぼ》ったのは、筆者《わたし》がその後オーティス氏から聞いたところによると、上流階級の教養あるアメリカ人が日常口にするようなことばかりだった。ファニー・ダヴェンポート[5]の方がサラ・ベルナール[6]よりも女優としてずっと上だ

4　フレデリック・マイヤーズ（一八四三～一九〇一）。心霊研究協会の創立者の一人。フランク・ポドモア、エドマンド・ガーニーとの共著『生ける人間の幽霊』（一八八六）がある。

5　アメリカの女優（一八五〇～九八）。ヴィクトリアン・サルドゥーの芝居「フェードラ」（一八八三）であたりをとったが、これはサラ・ベルナールがパリで演じてヒットした役だった。

とか、青玉蜀黍《あおとうもろこし》や蕎麦粉《そばこ》のパンケーキや碾割《ひきわ》り玉蜀黍は、イギリスでは一流の家庭でも手に入れることが難しいとか、世界霊の発達に於けるボストンの重要性[7]、鉄道旅行の際に荷物検査をすることの利点、ロンドン訛《なま》りと較《くら》べてニューヨーク訛りの方が耳に快いこと等々である。超自然のことなどはおくびにも出さなかったし、サー・サイモン・ド・カンタヴィルのことも一切話さなかった。一同は十一時になると部屋に引き上げ、十一時半にはすべての明かりが消えた。それからしばらくして、オーティス氏は部屋の外の廊下で奇妙な音がするのに目を醒まされた。金属がガチャリガチャリとぶつかるような音で、刻一刻近づいて来るようだった。彼はすぐ起き上がってマッチを擦《す》り、時計を見た。一時ちょうどだった。彼はしごく落ち着いていて、脈をとってみたが、少しも乱れてはいなかった。怪しい音はなおも続き、それと共に足音がはっきり聞こえて来た。彼はスリッパを履《は》き、化粧箱から小さな細長いガラス壜《びん》を取り出して、扉を開けた。すると目の前に、青白い月光を浴びて、恐ろしい形相《ぎょうそう》をした老人がいた。その眼は燃える石炭のように赤く、長い白髪がもつれて、肩にかかっていた。古めかしい仕立ての服は汚れてボロボロになり、手首と足首には重い手枷《てかせ》と錆びついた足枷《あしかせ》が掛かっていた。

「おそれ入りますが」とオーティス氏は言った。「その鎖にはぜひとも油をさしていただかねばなりませんな。そのために〝タマニー旭日潤滑油《きょくじつじゅんかつゆ》〟の小壜を持ってまいりました。これは一度さしただけでも十分効き目があるそうでして、包装紙には、わが国でも指折りの宗教家たちがその旨の推薦文を寄せております。これを寝室の蠟燭《ろうそく》のそばに置いておきますから、お使い下さい。お入用《いりよう》ならば、喜んでもっと差し上げますよ」そう言うと、合衆国公使は大理石のテーブルに壜を置いて、扉を閉め、寝床に戻った。

カンタヴィルの幽霊は一瞬、無理からぬ憤りにかられて、身じろぎもせずに立っていた。それから、磨《みが》かれた床に壜を荒々しく叩きつけると、うつろな呻《うめ》き声を上げ、妖しい緑の光を放ちながら廊下を走って逃げた。しかし、樫《かし》の大階段の上へ来たその時、一つの扉がバタンと開いて、白衣をまとった二つの小さな人影があらわれ、大きな枕が飛んで来て、彼の頭をヒュッとかすめた。一刻の猶予《ゆうよ》もならないことは明らか

6　フランスの名女優（一八四四～一九二三）。
7　エマーソンの説いた超越主義への言及。

だったので、幽霊は慌《あわ》てて〝四次元空間〟を逃走手段に用い、羽目板を通り抜けて姿を消した。家はすっかり静かになった。

屋敷の左翼にある秘密の小部屋にたどり着くと、幽霊は月光に向かって身を乗り出し、一息入れて、自分の置かれた状況を理解しようとした。三百年にわたる輝かしい不断の経歴に於《お》いて、これほどひどい侮辱を受けたことは一度もなかった。彼はあの公爵未亡人のことを考えた。彼女がレースとダイヤモンドを身につけて鏡の前に立っていた時、脅《おど》かして発作を起こさせたのだ。四人の女中は、彼が予備の寝室のカーテンの蔭からニヤリと笑いかけただけで、ヒステリーを起こした。教区の牧師は、ある晩遅く図書室から出て来た時、蠟燭を吹き消してやったら、それ以来ずっと神経病の重症患者として、サー・ウィリアム・ガル[8]の治療を受けた。それに、あの年老ったド・トレムイヤック夫人は、ある朝早く目を醒ましたら、骸骨が炉端の肘掛椅子に坐って自分の日記を読んでいたものだから、脳炎にかかり、六週間も寝たきりだった。そして病気が治ると教会と和解し、悪名高い懐疑論者のヴォルテール氏と袂《たもと》を分かったのだ。彼はまた悪党のカンタヴィル卿が化粧室で窒息《ちっそく》しかけているところを見つかった、あの恐ろしい夜を思い出した。トランプのダイヤのジャックが卿の喉に詰まっていたのだが、死ぬ間際に懺悔《ざんげ》したところによると、クロックフォードでほかならぬそのカードを使い、チャールズ・ジェイムズ・フォックスから五万ポンド巻き上げたのだという。幽霊がカードを呑み込ませたのだと卿は断言した。緑の手が窓ガラスを叩くのを見たために、食料貯蔵室で拳銃自殺した執事。美しいスタットフィールド夫人は、白い肌に焼きつけられた五本の指の痕《あと》を隠すため、首に年中黒い天鵞絨《びろうど》のバンドを巻いていなければならなかったが、結局は、王の散歩道の外れにある鯉の池に身投げした。こうした過去のあらゆる偉業が記憶に蘇った。彼は真の芸術家らしい熱烈な自己愛をもって、自分のもっとも評判になった演技を回想し、さまざまな場面を思い出しては、独り苦笑いした。「真紅のルーベン、あるいは絞め殺された赤子」として最後に現われた時のこと、「がりがりギベオン、ベクスリー荒野《ムーア》の吸血鬼」としての初舞台、そして、ある美しい六月の夕暮れ、テニスコートで自分の骨を使って

8　英国の医師（一八一六～九〇）。ヴィクトリア女王の侍医をつとめた。
9　ウィリアム・クロックフォードがつくった紳士のクラブで、賭け事がさかんに行われたことで知られる。
10　英国の政治家（一七四九～一八〇六）。

九柱戯[11]をやっただけで引き起こした大騒ぎ。しかるに、こうした栄光の歴史のあとで、ろくでもない今時《いまどき》のアメリカ人どもがやって来て、〝旭日潤滑油〟を差し出し、頭に枕を投げつけるとは！　まったく我慢がならなかった。それに、歴史上幽霊がこんな扱いを受けたためしはない。彼は復讐を決意し、夜明けまで深く考え込んでいた。

三

翌朝、朝食の席に集まったオーティス一家は、幽霊についてしばらく話し合った。合衆国公使は贈物を受け取ってもらえなかったのを知って、当然のことながら少し気を悪くした。「わたしとしては」と彼は言った。「幽霊に危害を加えたくないし、彼がこの家にいる時間の長さを考えると、枕を投げつけるなどということはまったく礼を失する振舞いだと言わねばならん」――まことにもっともな言葉だったが、遺憾《いかん》ながら、例の双子はこれを聞くと大声でゲラゲラ笑い出した。「一方」と公使はつづけた。「もし彼が本当に〝旭日潤滑油〟を使わないというのなら、あの鎖を取り上げねばならないだろう。寝室の外であんな音がしたのでは、眠れやせんからな」

しかし、その週一杯は何事もなく、唯一注意を引いたのは、図書室の床についた血の染みが、拭《ふ》いても拭いてもあらわれることだった。これはたしかにひどく奇妙だった。扉にはオーティス氏が毎晩鍵をかけたし、窓にもしっかり閂《かんぬき》をさしてあったのだから。染みの色がカメレオンのように変わることも論議を呼んだ。ある朝はくすんだ（ほとんど紅柄色《ベンガラいろ》に近い）赤で、その次は朱色になり、その次は濃い紫、一度などは、〝自由アメリカ改革監督派教会〟の簡素な儀礼にのっとって、家族の祈りをしに下りて来ると、染みは輝くばかりのエメラルド・グリーンに変わっていた。こうした万華鏡のような変化は、当然のことながら一同をたいそう面白がらせ、毎晩これを種にした賭けがさかんに行われた。この冗談に加わらなかったのは小さなヴァージニアだけで、彼女はなぜかわからないが血の染みを見るたびにひどく心を痛め、エメラルド・グリーンになった朝は泣きださんばかりだった。

幽霊が二度目に現われたのは日曜日の夜だった。就寝してまもなく、みんなは突然、広間で凄まじい物音がしたのに驚かされた。階下《した》へ駆けつけると、大きな古い鎧《よろい》が

11　九本の柱を立て、玉を転がして倒す遊戯。

台から外れて、石の床に倒れていた。そして、カンタヴィルの幽霊が高い背凭《せもた》れのついた椅子に坐り、顔に激しい苦痛の表情を浮かべて、膝をさすっていたのである。双子は豆鉄砲を持って来たので、ただちに弾丸を二発、幽霊に向けて放った。その狙いの正確さは、書き取りの先生を的《まと》にして長いこと修練を積まなければ達せられないものであった。一方、合衆国公使は幽霊に拳銃を向け、カリフォルニアの礼儀作法にのっとって、両手を上げろと呼びかけた！　幽霊は狂おしい憤怒《ふんぬ》の叫び声を上げて立ち上がると、霧のように一同の間をサッと通り抜け、ワシントン・オーティスが持っていた蠟燭《ろうそく》を消したので、あたりは真っ暗闇につつまれた。階段の天辺に上がると、幽霊は落ち着きを取り戻し、世にも名高い悪魔の哄笑《こうしょう》を聞かせてやろうと決心した。この笑い声は一度ならず大いに効を奏したのである。それを聞いたレイカー卿の頭髪《あたま》は一夜のうちに真っ白になったと言われているし、カンタヴィル卿夫人が雇ったフランス人の女家庭教師は、三人までも、月の半ばに暇《ひま》を取ると言い出した。彼はそこでできる限りおぞましい笑い声を立てた。やがて古い丸天井はふたたびわんわんと鳴り響いたが、恐ろしい反響が消えると同時に扉が開いて、水色の部屋着を着たオーティス夫人が現われた。「あなた、お加減が悪いようですわね」と夫人は言った。「そう思って、ドベル博士の水薬を一壜持って来ました。もし消化不良でしたら、これは特効薬ですのよ」幽霊は怒って彼女を睨《にら》みつけ、すぐさま大きな黒犬に化ける支度に取りかかった。彼はこの得意技で然《しか》るべき名声を博しており、カンタヴィル卿の叔父トマス・ホートン閣下が不治の痴呆症に罹《かか》ったのはそのせいであると、かかりつけの医師はいつも言っていたのだ。しかしながら、足音が近づいて来たので恐ろしいもくろみは思いとどまり、微《かす》かな燐光を放つにとどめて、双子がそばへ寄って来たとたん、深い墓場の呻き声をあげて消えた。

自分の部屋に着くと、彼はがっくり気が萎《な》え、激しい動揺に苛《さいな》まれた。あの双子の下品さとオーティス夫人の度《ど》し難い物質主義にはむろん腹が立ったが、何よりも悲しかったのは、鎧を着られなかったことだった。たとえ現代アメリカ人といえども、〝甲冑《かっちゅう》をまとった亡霊〟を見ればぞっとするだろう[12]――よしんばほかにまっとうな理由はなくとも、かれらの国民的詩人ロングフェローへの敬意から、怖がるはずだと期

12　ヘンリー・ワズワース・ロングフェロー（一八〇七～八二）。「甲冑をまとった骸骨」という詩がある。

待していたのである。彼自身、カンタヴィル家の人々がロンドンにいる時は、しばしばこの詩人の優雅で魅力的な詩を繙《ひもと》いて、徒然《つれづれ》なる時を過ごしたものであった。それに、あれは彼自身の鎧なのだ。あれを着てケニルワース城の馬上槍試合で大成功をおさめ、忝《かたじけ》なくも〝処女王〟その人からお讃《ほ》めの言葉を賜わったのだ。ところが、先程身につけてみると、巨大な胸当と鋼鉄の兜《かぶと》の重みにすっかり圧倒され、石敷きの床にどうっと転んで両膝をひどく擦《す》り剝《む》き、右手の拳《こぶし》を傷つけてしまった。

このあとの数日間、彼は非常に具合が悪くて、例の血の染みを修復しに行くほかは、ほとんど部屋から出なかった。それでも気をつけて養生すると元気を取り戻し、合衆国公使一家を震え上がらせるために三度目の試みをすることにした。八月十七日の金曜日を出現の日に選び、その日は一日中衣裳戸棚の中身を調べて、ようやくこれと決定したのは、赤い羽根のついた大きな軟鍔帽子《なんつばぼうし》、袖口と襟に襞飾《ひだかざ》りのついた経帷子《きょうかたびら》、それに錆《さ》びた匕首《あいくち》という服装《いでたち》だった。夕方、雨が激しく降り出し、風も吹き荒れ、古い屋敷の窓や扉はすべてガタガタと揺れ動いた。これこそお誂《あつら》え向きの天気だった。

彼の計画はこうだった。ワシントン・オーティスの部屋へこっそり忍び込んで、寝床の足元からあらぬことをペチャペチャと話しかけ、緩《ゆる》やかな楽の音に合わせて、自分の喉を三度突き刺すのだ。彼はワシントンにとりわけ恨みを抱いていた。その名も高いカンタヴィルの血痕を〝ピンカートンの優等染み抜き〟で毎度拭《ぬぐ》い消してしまうのは、この男だと知っていたからである。無鉄砲なこの若者を恐怖のどん底に突き落としたら、その次は合衆国公使夫妻が寝ている部屋へ行って、オーティス夫人の額に冷たい、じっとりした手を置きながら、震える亭主の耳に納骨堂の恐るべき秘密をささやいてやる。小さなヴァージニアに関しては、まだはっきり決めていなかった。あの子は彼を侮辱したこともないし、可愛らしく、大人《おとな》しかった。衣裳戸棚から二、三べんうつろな呻き声を立ててやれば、十分すぎるくらいだろう。もしそれでも目を醒まさなければ、ヒクヒクと引きつる指でベッドの上掛けをまさぐってやっても良い。しかし、双子は何としても懲《こ》らしめてやらなければいけない。第一にすべきことは、もちろん、やつらの胸にのっかって、悪夢の息苦しさを感じさせることだ。次に、二人のベッドは並んでいるから、緑色の、氷のように冷たい死骸の形となってその間に立ち、恐怖に竦《すく》み上がらせてやる。そして最後に経帷子を脱ぎ捨て、真っ白な骸骨に片方の眼玉だけがギョロギョロしているという格好で、部屋の中を這いずりまわる。これは「だんまりダニエル、あるいは自殺者の骸骨」の扮装であり、彼はこの役で一度ならず大成功を収めた。彼の名高い当たり役「狂人マーティン、あるいは謎の仮面」にも匹敵すると思っていた。

十時半に、一家が寝に行く足音がした。しばらくの間は例の双子の騒々しい笑い声が邪魔になった。双子は学童特有の屈託《くったく》のない明るさで、寝る前に遊んでいるらしかったが、十一時十五分には家中ひっそりとなり、真夜中を告げる時計の音がすると、幽霊は勇ましく繰り出した。梟《ふくろう》は窓ガラスを叩き、大鴉《おおがらす》は水松《いちい》の古木からカアカアと啼《な》き、風が浮かばれぬ魂のように呻きながら、家のまわりをさまよった。しかし、オーティス家の人々は己の運命も知らずに眠りこけ、雨と嵐の音よりも高い合衆国公使の鼾《いびき》が途切れなく聞こえて来た。幽霊は冷酷な、皺《しわ》の寄った口元に邪悪な微笑《えみ》を浮かべて、羽目板からこっそりと進み出た。大きな出窓の前をそっと通り過ぎた時、月は雲間に顔を隠した。その出窓には彼自身の紋章と殺された妻の紋章とが、紺碧と黄金《きん》で描かれていた。彼は邪悪な影のように先へ先へ滑って行き、暗闇すらも彼が通るのを厭《いや》がっているようだった。一度、何かの呼び声が聞こえたように思って、立ちどまった。しかし、それは〝赤い農場《レッド・ファーム》〟の犬が吠えているだけだったので、彼は奇妙な十六世紀風の悪態をつぶやき、錆びついた匕首を真夜中の空気の中で時折振りまわしながら、先へ進んだ。ついに、不運なワシントンの部屋へ通じる廊下の角《かど》まで来た。彼は一瞬、そこに立ちどまった。風が彼の長い灰色の巻毛を頭のまわりになびかせ、言いようもなくおぞましい死人の経帷子をよじって、グロテスクで異様な襞《ひだ》を寄らせた。やがて時計が十二時十五分を打ち、決行の時が来たと思った。彼はクスクス独り笑いして、角を曲がった。だが、その途端、哀れな恐怖の悲鳴を洩らして後退《あとずさ》り、真っ白な顔を長い骨張った両手で覆い隠した。目の前に、彫像のように身じろぎもせず、狂人の夢のように奇怪な恐ろしい妖怪が立っていたのである！　そいつの頭は禿げて、つやつやしていた。顔は丸く、肥っていて、白かった。厭らしい笑いがその目鼻を歪《ゆが》めて、永久のニヤニヤ顔に凝《こ》り固まらせてしまったかのようだった。目からは紫の光線が流れ出し、口はかっと開いた炎の井戸で、彼自身が着ているような醜悪な衣が、巨体を沈黙の雪につつんでいた。胸には古さびた書体で奇妙な文句を書き込んだ札が下がっていた。それは何か恥ずべきことを記した巻物のように、途方もない罪の記録、恐るべき犯罪の目録のように見えた。化物は右手で、キラリと光る鋼鉄の偃《えん》月刀《げっとう》を高々と振りかざしていた。

いまだかつて幽霊というものを見たことがなかった彼は、当然のことながらひどく怯《おび》えて、怖い化物をもう一度チラと見ると、自分の部屋へ逃げ帰った。長い経帷子に足をとられて躓《つまず》きながら、廊下をひた走りに走ったが、しまいに錆びた匕首を公使の長靴の中に落としてしまい、執事が翌朝それを見つけたのであった。自分の部屋で独りきりになると、彼は小さな藁《わら》の寝床に身を投げ出し、夜具の下に顔を隠した。だが、しばらくすると勇敢なカンタヴィル魂が戻って来て、夜が明け次第、もう一人の幽霊のところへ話をしに行こうと決めた。そこで、暁が山々を銀色に染めるや否や、おぞましい亡霊を初めて見た場所に戻った。考えてみると、幽霊も二人いれば一人よりましである。新しい友の力を借りれば、あの双子と取っ組み合っても無事に済むかもしれない。しかし、その場へ行ってみると、恐るべき光景が彼の目をとらえた。妖怪の身に何かが起こったらしい。窪《くぼ》んだ眼からは光がすっかり消え、きらめく偃月刀は手から落ちて、妖怪は硬張《こわば》った窮屈《きゅうくつ》な姿勢で壁に寄りかかっていた。彼は駆け寄って両腕で相手をつかまえた。すると、頭がコロリと落ちて床に転がり、胴体は横倒しになったのでギョッとした。彼がしがみついている相手は白い浮縞綿布のベッド・カーテンで、足元には箒《ほうき》と、肉切り庖丁と、中身をくりぬいた蕪《かぶ》が転がっていた！　彼はこの奇妙な変身を理解できず、夢中で札を引っつかんだ。灰色の朝の光で見ると、そこにはこんな恐ろしい文句が書いてあった——

オーティスの幽霊
天下唯一正真正銘の妖怪
類似品に御注意
他はすべて贋物です

彼は翻然《ほんぜん》と一切を悟った。引っかかった。騙《だま》された。一杯食わされたのだ！　古きカンタヴィルの眼光がその目によみがえった。彼は歯のない歯茎を噛み合わせて、痩せさらばえた両手を頭上高く差し上げると、昔風の文彩豊かな言いまわしで誓った——朝告げ鳥が二度高らかな鬨《とき》の声を上げた時、流血の惨事は行われ、〝殺人〟は音なき足で闊歩《かっぽ》するであろう、と。

この恐るべき誓いを立て終わるや否や、遠くの家の赤い瓦屋根の上で、雄鶏《おんどり》が啼いた。幽霊は長く、低い、憎しみに満ちた笑い声を洩らして、待った。一時間また一時間と待ちつづけたが、雄鶏はどういうわけかそれっきり啼かなかった。しまいに七時半になると女中たちがやって来たので、彼は恐ろしい徹夜の行《ぎょう》をやめ、空《むな》しい希望と挫折した目論見《もくろみ》のことを考えながら、自室《へや》へ戻った。それから、愛してやまない古《いにしえ》の騎士道の本を何冊かあたってみたが、今まであの誓言を唱えた場合には、朝告げ鳥は必ず二度啼いていたことがわかった。「やくざな鳥め、地獄に堕《お》ちろ」と彼はつぶやいた。「昔のわしじゃったら、丈夫な槍であいつの喉元を突き刺し、断末魔のひと啼きをさせてやったものを！」彼はそれから寝心地の良い鉛の棺桶に戻り、夕方までじっとしていた。

四

翌る日、幽霊はひどく衰弱し、疲れていた。ここ四週間の激しい興奮がそろそろ身にこたえて来たのだ。彼はすっかり神経をやられて、ほんの小さな物音にもビクッとした。五日間も部屋に籠《こも》りきりで、図書室の床の血痕はとうとう諦《あきら》めることにした。オーティス一家があれを欲しがらないというなら、そんな連中のためにこしらえてやるのはもったいない。やつらは明らかに低級で物質的な次元に生活しており、感覚的現象の象徴的価値をとんと理解できないのである。幻影の出現とか霊体の発達とかいった問題は、もちろん、全然べつの事柄で、実をいうと彼の手にも負えなかった。ただ、週に一度は廊下に現われ、毎月第一と第三水曜日に、大きな出窓からあらぬことをしゃべるのが彼の厳粛な義務であり、それを怠《おこた》っては面目にかかわると思っていた。彼の生涯がはなはだ邪悪なものだったことはたしかだが、一方、彼は超自然と関わりのある事柄に於《お》いては、たいそう良心的だった。そこで次の三週間は、土曜日ごとに、いつも通り真夜中から三時までの間に廊下を横切ったが、音を聞かれたり見られたりしないように万全の配慮を尽くした。深靴を脱ぎ、古い虫喰いだらけの床板の上をできるだけそっと歩き、大きな黒い天鵞絨のマントを羽織《はお》り、念のため〝旭日潤滑油〟で鎖に油を差した。この最後の自衛措置を取るにあたっては、相当の抵抗を感じたことを認めねばならない。それでも、ある夜、一家が晩餐をしたためている間に、彼はオーティス氏の寝室に忍び込んで壜を持ち出したのだ。最初は少し口惜《くや》しかったが、あとになると、この発明も中々悪くないことがわかってきたし、これはある程度彼の役に立ったのである。しかし、こうして手を打っても邪魔は入った。廊下に始終紐《ひも》が張られて暗闇で躓《つまず》いたし、またある時は、「黒いアイザック、あるいはホグリー森の狩人」の役に扮していたところ、バターを塗った滑り板を踏んで、したたかに転倒した。これは例の双子が〝綴《つづれ》織《お》りの間〟の入口から、樫の階段の上にかけて仕掛けておいたのだった。彼はこの侮辱に怒り狂い、己が威厳と社会的地位を主張するため最後の試みをしようと腹を決めて、翌晩は彼《か》の名高い「捨鉢《すてばち》ルーパート、あるいは首なし伯爵」の役で、無礼なイートン校の子供たちを見舞ってやることにした。

彼はもう七十年以上、この扮装で現われたことがなかった。実際、最後にこれに扮したのは、可愛らしいバーバラ・モーディッシュ嬢を怖がらせた時のことで、彼女は現在のカンタヴィル卿の祖父との婚約を突然破棄し、美男子のジャック・カッスルトンとグレトナ・グリーン[13]へ駆け落ちしてしまった。あんな恐ろしい亡霊が黄昏《たそがれ》時《どき》のテラスを歩きまわるのを放っておくような家には、とても嫁に行けないと宣言したのだった。可哀想なジャックはその後、ウォンズワース・コモン[14]でカンタヴィル卿と決闘して撃ち殺され、バーバラ嬢は傷心のあまり、その年が明けないうちにタンブリッジ・ウェルズ[15]で死んだ。従って、あらゆる点で大成功だったのである。しかしながら、それはこの上なく難しい「メーキャップ」であり——超自然界の、いや、もっと科学的な術語を用いれば、高次自然界の重大な秘密に関して、かような芝居言葉を使うことが許されるなら――準備にたっぷり三時間はかかった。ようやく一切《いっさい》が整うと、彼は自分の姿にすこぶる満足した。服と揃《そろ》いの大きな革の乗馬靴は彼には少し大きすぎたし、二梃ある馬上拳銃は一梃しか見つからなかったけれども、全体としては申し分のない出来で、彼は一時十五分になると羽目板からスーッと抜け出し、廊下をソロソロと歩いて行った。双子の寝ている部屋へ行くと――ちなみにそこは掛物《かけもの》の色にちなんで〝青の寝室〟と呼ばれていた――扉が半開きになっていた。効果的な入場をしようと思って、扉をバタンと大きく開けた。とたんに、重い水差しが真上から落ちて来て、彼は全身びしょ濡れになった。もう二、三インチずれていたら、左の肩にぶつかるところだった。同時に、押し殺した笑い声が四柱式寝台から聞こえて来た。彼の神経組織に与えられたショックはあまりにも大きかったので、必死で部屋へ逃げ帰り、

13 スコットランド南部の村。十八世紀に法律上の理由から、親の許しを得られなかったイングランドの男女がこの村へ駆け落ちして結婚したことで知られる。

14 ロンドン南部にある公園。

15 ケント州にある町で、鉱泉の湧く保養地。

次の日は大風邪を引いて寝込んだ。この一件でただ一つの慰めは、頭を持って行かなかったことだ。もし持って行ったら、由々《ゆゆ》しき事態となりかねなかった。

彼はもはやこの無礼なアメリカ人一家を怖がらせる望みを捨て、縁地《へりじ》のスリッパを履いて、隙間風《すきまかぜ》の用心に赤い厚手のマフラーを首に巻き、双子が襲って来た時のために小型の火縄銃を携行《けいこう》して、廊下をうろつきまわるだけにしておいた。最後に痛烈な打撃を受けたのは、九月十九日のことだった。彼は玄関の大広間へ下り、そこなら悪戯《わるさ》をされることもないと思って、サローニが写した大きな合衆国公使夫妻の写真に皮肉な感想を言って喜んでいた。カンタヴィル一族の肖像画があったところに、今はその写真が掛かっていたのである。幽霊は質素だが小綺麗な身形《みなり》だった。墓場の土がところどころに付いた長い経帷子をまとい、顎《あご》に黄色い亜麻布を巻いて、小さな提灯《ちょうちん》と寺男の鋤《すき》を持っていた。じつのところ、「墓なしジョーナス、あるいはチャーツィー納屋の死体盗人」の役に扮していたのだ。これは彼のもっとも優れた役の一つで、カンタヴィル家の人間にとっては忘れられぬ理由がある。なぜなら、これこそ隣人ラフォード卿との諍《いさか》いの原因《もと》だったのだから。時刻は午前二時十五分頃で、彼が確かめ得た限りでは、誰も起きていなかった。しかし、血痕が残っているかどうかを見て来ようとして、図書室の方へ歩いて行くと、暗蔭から突如二つの人影が跳び出して、襲いかかった。二人は腕を頭の上で乱暴に振りまわし、彼の耳に「ばあ！」と叫んだ。

かような状況では無理もないが、彼は慌《あわ》てふためいて、階段の方に突っ走った。ところが、そこにはワシントン・オーティスが庭で使う大きな撒水器《さんすいき》を手に待ちかまえていた。こうして敵に八方をふさがれ、ほとんど進退きわまった彼は、大きな鉄の暖炉の中に姿を消した。幸いなことに火は点いていなかったが、煙道や煙突を通って帰らなければならず、自室に辿《たど》り着いた時は汚れによごれ、服は滅茶苦茶になり、絶望にうちひしがれて惨憺《さんたん》たるありさまだった。

これ以後、幽霊が夜中に出歩く姿は二度と見られなかった。双子は何度か待ち伏せして、毎晩廊下に木の実の殻をばらまいては両親と召使いたちを大いに困らせたが、何の役にも立たなかった。幽霊が感情を害して姿を現わさないのは明らかだった。そこで、オーティス氏は数年来手がけている民主党史についての大著にふたたび取りかかった。オーティス夫人は素晴らしい大パーティーを催して、全州の人々を驚嘆させた。少年たちはラクロス、[16]ユーカー、ポーカーといったアメリカの国民的遊戯に凝《こ》りはじめた。そしてヴァージニアは小馬で田舎道を乗りまわしたが、そんな時はチェシャー若公爵が一緒だった。公爵は休暇の最後の週を過ごしにカンタヴィル猟園へやって来たのである。幽霊はどこかへ行ってしまったのだとみんなは思い、実際、オーティス氏はカンタヴィル卿にその旨の手紙を書いた。カンタヴィル卿もそれをたいそう喜んでいるという返事をよこして、公使令夫人に祝意を表した。

しかしながら、オーティス家の人々は欺《あざむ》かれていたのだ。幽霊はまだ屋敷にいたし、今や病人同然だったとはいいながら、このまま引きさがるつもりはさらさらなかった。ことに、お客のうちにチェシャー若公爵がいると聞いては、なおさらだった。かつて公爵の大叔父にあたるフランシス・スティルトン卿は、カンタヴィルの幽霊と骰子《さい》を振るといって、カーベリー大佐と百ギニーの賭けをしたことがある。翌朝、骨牌部屋《かるたべや》の床に倒れているのを発見されたが、手の施しようのない麻痺状態で、その後高齢まで永《なが》らえたけれども、「六のぞろ目」という言葉以外、何もしゃべれなかった。この話は当時広く知れ渡っていたが、もちろん、名門の両家の心情を慮《おもんぱか》って、あらゆる手段で揉《も》み消された。その間《かん》の事情は、タトル卿の『摂政《せっしょう》皇太子と友人達の思い出』第三巻に詳しく載っている。さようなわけで、幽霊は自分が今もスティルトン家への影響力を失っていないことを示したくてならなかったが、それも当然といえよう。第一、スティルトン家とは遠い血のつながりがあるのだ。ほかでもない彼自身の従姉妹《いとこ》が二度目の結婚《アン・スコンド・ノス》でド・バルクリー卿に嫁《とつ》いだのだが、周知のごとく、チェシャー公爵家はド・バルクリー卿の直系子孫だからである。そこで、幽霊はヴァージニアの小さい恋人の前に、その名も高い「吸血修道僧、あるいは冷血なるベネディクト会修道士」の役で現われる用意をした。この演技はいとも恐ろしかったので、年老ったスタータップ夫人はそれを見ると――一七六四年の不幸な大晦日《おおみそか》のことだった――つんざくような悲鳴を上げて、やがて激しい卒中の発作を起こし、三日後に息を引き取った。夫人は亡くなる前に、もっとも近い身内であるカンタヴィル家の相続権を奪い、全財産をロンドンの薬屋に遺《のこ》したのであった。しかしながら、いざとなると、幽霊は双子が怖くて部屋から出ることができず、若公爵は〝王の寝室〟の羽根飾りのついた大きな天蓋の下で安らかに眠り、ヴァージニアの夢を見たのだった。

16　以下、いずれもトランプのゲーム。

五

それから二、三日して、ヴァージニアとその巻毛の騎士は、馬でブロックリー牧場へ遠乗りに出かけた。彼女はそこで生垣を越える時に乗馬服をひどく破ってしまい、家に帰ると、人に見られぬように、裏階段から二階へ上がろうとした。〝綴織りの間〟の前を走って通り過ぎようとした時、たまたま扉が開いていて、中に人の姿が見えたように思った。母親の小間使いは時々そこで縫物《ぬいもの》などをするから、てっきりそうと決め込み、乗馬服を繕《つくろ》ってもらおうと思って、部屋の中を覗《のぞ》き込んだ。ところが、驚いたことに、そこにいたのはほかでもない、カンタヴィルの幽霊だったのである！　彼は窓辺に坐って、色づく樹々の黄金色《きんいろ》の枯葉が宙を舞い、紅葉が長い並木道で狂ったように踊るのをながめていた。頬杖をついて、深い悲しみに暮れているような様子だった。実際、いとも寄辺《よるべ》なく、立ち直るすべもなさそうに見えたので、最初は逃げ出して自分の部屋に閉じ籠《こも》ろうかと思ったヴァージニアだったが、同情の気持ちで一杯になり、慰めてみようと思った。彼女の足音は軽く、幽霊の憂鬱は深かったので、話しかけられるまで少女がいることに気づかなかった。

「あなたをお気の毒に思うわ」とヴァージニアは言った。「でも、弟たちは明日イートンへ帰るから、あなたさえお行儀良くしていれば、誰もいじめたりしないわ」

「わしに行儀よくしろなぞと言うのは、馬鹿げておる」幽霊はびっくりしてふり返ると、大胆にも話しかけて来た愛らしい娘にこたえた。「まったく馬鹿げておる。わしは鎖をガチャガチャいわさにゃならんし、鍵穴から呻き声を上げたり、夜中に歩きまわったりしなけりゃならんのじゃ。おまえが言うのはそのことだろうが、それがわしの唯一の存在理由なんじゃからな」

「そんなの、ちっとも存在する理由になんかならないわ。それに、あなたはすごく悪い人だったんでしょう。初めてここへ来た日にアムニー夫人《さん》が言ってたわ、あなたは奥さんを殺したんだって」

「うむ、それは認める」幽霊は不機嫌に言った。「しかし、そいつは純然たる家庭の問題であって、他人が口を出すことではない」

「誰でも人を殺すなんて、すごく悪いことよ」とヴァージニアは言った。彼女は時々、可愛らしいそぶりで、ニュー・イングランドの先祖から受け継いだピューリタン的な謹厳さを示すのだった。

「ふん、似而非道徳《えせどうとく》の安っぽいお説教はたくさんじゃ！　わしの女房はひどく不器量でな、一度もわしの襞襟《ひだえり》をちゃんと糊《のり》づけしたことがないし、料理のことなぞ何ひとつ知らんかった。わしはある時、ホグリー森で雄鹿を仕留めてな。素晴らしい二歳の雄鹿じゃったが、あの女はそれをどう料理して食卓に上《のぼ》せたと思う？　しかし、今となってはもうどうでも良い。済んだことじゃからの。それにしても、あの女を殺したからといって、あいつの兄弟がわしを餓え死にさせたのは、誉《ほ》められたこととは思わんな」

「餓え死に？　まあ、幽霊さん、いいえ、サー・サイモン、あなた、お腹《なか》が空《す》いているの？　籠《かご》にサンドイッチがあるけど、お食べになる？」

「いや、結構。わしはもう何も食わないんじゃ。それにしても、大きに有難うよ。おまえさんは意地悪で、無礼で、低俗で、小狡《こずる》いほかの家族よりもずっとましじゃな」

「やめてちょうだい！」ヴァージニアは足を踏み鳴らして叫んだ。「無礼で、意地悪で、低俗なのはあなたの方よ。それに、狡いということを言ったら、あなたは図書室のくだらない血の染みを塗り直そうとして、わたしの箱から絵具を盗んだじゃない。

最初は赤を全部、朱色まで持って行っちゃったから、わたし、夕陽が描けなくなったのよ。その次はエメラルド・グリーンとクローム・イエローを持って行って、最後には藍《あい》と白しかなくなっちゃったから、月夜の景色しか描けなくなったのよ。そんなの、見ても気が重くなるし、描くのも大変だし。わたし、告げ口はけしてしなかったけど、本当に厭になったし、第一馬鹿げているったらないわ。だって、エメラルド・グリーンの血なんて聞いたこともありやしない！」

「うむ。ほんに、それはそうじゃが」幽霊は案外素直に言った。「わしはどうすれば良かったんじゃ？　今日《きょう》び、本物の血なんぞめったに手に入らんし、おまえの兄貴が"優等染み抜き"とやらで始めたことなんじゃから、おまえの絵具を借りてはいけない理由もないと思ったのさ。色について言えば、それはつねに嗜好《このみ》の問題でな。たとえば、カンタヴィル家の者は青い血[17]を持っておる。イングランド一青い血じゃ。しかし、おまえさんたちアメリカ人はこういうものを好まぬようじゃの」

「あなた、なんにも知らないのね。移民して、考えを改めた方が良いわ。うちのお父

17　英語で blue blood は高貴の血統を意味する。

さんは喜んで渡航許可証をくれるでしょうし、お酒《スピリッツ》[18]はどんな種類でも重い税金がかかるけど、税関の人はみんな民主党支持だから、問題ないわ。ニューヨークに着いてしまえば、あなたはきっと引っぱり凧《だこ》よ。あすこには、ひとかどのお祖父《じい》さんを持つためなら十万ドル払うっていう人がたくさんいるし、家つきの幽霊を持てるんだったら、もっと払うでしょう」

「わしゃア、どうもアメリカは好かんなあ」

「わたしたちの国には廃墟も骨董品もないからでしょう」ヴァージニアは皮肉るように言った。

「廃墟がない！　骨董品がないだと！」と幽霊はこたえた。「おまえの国の海軍と行儀作法があるじゃないか」

「さよなら。わたし、パパのところへ行って、双子にもう一週間休みをもらってちょうだいと言うわね」

「行かないでおくれ、ヴァージニアさんや」と幽霊は叫んだ。「わしゃアもう寂しくて、不幸せで、どうしたら良いかわからんのじゃ。眠りたいが、それもできん」

「そんな馬鹿な！　ベッドに入って、蠟燭を吹き消すだけでいいじゃないの。起きているのは時々すごく難しいことがあるわ。とくに教会ではね。でも、眠るのは何も難しいことなんかないでしょう。赤ちゃんだって眠り方は知ってるのよ。あんまり利口じゃないけれども」

「わしは三百年も眠っておらんのじゃ」幽霊は悲しげにそう言った。ヴァージニアの美しい青い眼は驚きに見開かれた。「三百年間眠っとらんので、疲れきっておるんじゃよ」

ヴァージニアはすっかり真剣になり、小さな唇が薔薇の花のように震えた。彼女は幽霊に進み寄ると、傍《かたわ》らに跪《ひざまず》いて、年老いた弱々しい顔を見上げた。

「可哀想な、可哀想な幽霊さん」と彼女はつぶやいた。「あなたには眠れる場所がないの?」

「松の森の彼方に」幽霊は低い、夢見るような声でこたえた。「小さな庭がある。そこには草が深々と茂り、毒人参の花が大きな白い星のように咲いている。そこでは夜《よ》啼《な》き鶯《うぐいす》が夜通し歌う。夜啼き鶯は夜通し歌い、冷たい水晶の月が見下ろし、水松《いちい》の

18 原語 spirits には「強い酒」と「霊」の意味がある。

木が、眠れる者の上に巨きな腕を広げているのじゃ」

ヴァージニアの目が涙に潤《うる》み、両手に顔を埋《うず》めた。

「あなたが言ってるのは〝死の園〟ね」と彼女はささやいた。

「さよう、死じゃ。死はこよなく美しいに違いない。柔らかな茶色い土の中に寝て、頭の上に草が揺れておってな、沈黙に耳を傾けるんじゃ。昨日はなく、明日もない。時を忘れ、生を赦《ゆる》し、安らかになるんじゃ。おまえなら、わしを助けられる。おまえなら、わしのために死の家の門を開けることができる。なぜなら、愛がつねにおまえと共にあり、愛は死よりも強いからじゃ」

ヴァージニアは震えた。冷たい戦慄が身体を走り抜け、いっとき沈黙があった。彼女は恐ろしい夢を見ているような気がした。

やがて幽霊はまた口を開いたが、その声は風の嘆息《ためいき》のように聞こえた。

「図書室の窓に書いてある古い予言を読んだことはあるか?」

「ええ、何度も」少女は面《おもて》を上げて、言った。「あれなら良く知ってるわ。変な太い字で書いてあって、読みにくいの。たった六行しかないのよ。

『黄金《こがね》なすまぐはしの乙女、
罪人《つみびと》の唇《くち》より祈りをかちうる時、
不毛なるアーモンドの樹が実を結び、
幼な子が涙を与ふる時、
その時、家内は静まりて、
カンタヴィルに平和来《きた》らむ』

でも、どういう意味なのか、わたしにはわからないわ」

「それはな、こういうことじゃ」幽霊は悲しげに言った。「わしには涙がない故、おまえがわしの罪のためにわしと共に泣かねばならん。そしてわしには信仰がない故、わしの魂のために祈らねばならん。それから、もしおまえがいつも素直で、善良で、大人しくしていたならば、〝死の天使〟はわしに慈悲をかけてくれるであろう。おまえは闇に恐ろしい姿を見、邪悪な声が耳元でささやくのを聞くであろうが、おまえに害をなすことはない。幼な子の清らかさには地獄の魔物どもも敵《かな》わぬからじゃ」

ヴァージニアは答えなかった。幽霊はひどく絶望して両手を揉み合わせながら、彼女のうなだれた金髪の頭を見下ろしていた。ふいに、彼女は立ち上がった。真っ青になり、目には奇妙な光が宿っていた。「わたし、怖くないわ」ときっぱり言った。「あなたを赦《ゆる》してくれるように、天使に頼んでみる」

幽霊はかすかな喜びの声を上げて椅子から立ち上がると、少女の手を取り、昔風の優雅な物腰でその手の上に身を屈《かが》めて、接吻した。その指は氷のように冷たく、唇は火のように燃えていたが、ヴァージニアは怯《ひる》まず、幽霊に手を引かれて薄暗い部屋の中を歩いて行った。色褪《いろあ》せた緑の綴織りには、小さな狩人たちが刺繍されていた。かれらは房《ふさ》のついた角笛《つのぶえ》を吹いて、小さな手を振り、少女を呼び戻そうとした。「引き返せ！　小さなヴァージニア」と狩人たちは叫んだ。「引き返せ！」しかし、幽霊が彼女の手をいっそう堅《かた》く握りしめたので、少女はかれらに眼を瞑《つむ》った。蜥蜴《とかげ》の尻尾《しっぽ》とギョロギョロした目を持つ恐ろしい動物たちが、炉棚の彫刻の中から彼女に目配《めくば》せをして、つぶやいた。「気をつけろ！　小さなヴァージニア、気をつけろ！　戻って来られないかもしれないぞ」しかし、幽霊はいっそう速く滑るように進んで行き、ヴァージニアは耳を貸さなかった。部屋の端に着くと、幽霊は立ちどまり、彼女には理解できぬ言葉をつぶやいた。彼女が目を開けると、壁が霧のようにゆっくり消えて、目の前に大きな、真っ黒い洞穴《ほらあな》が現われた。身を切るように冷たい風が二人のまわりに吹きすさび、何かが服を引っ張るのを感じた。「早く、早く」と幽霊が叫んだ。「早くせんと、手遅れになる」次の瞬間、羽目板が二人の背後をふさぎ、〝綴織りの間〟は無人となった。

六

十分ほどすると、お茶の合図の鈴《ベル》が鳴ったが、ヴァージニアが下りて来ないので、オーティス夫人は従僕を呼びにやった。従僕はやがて戻って来て、ヴァージニア様はどこにもいらっしゃいませんと言った。彼女は毎晩庭へ出て、晩餐のテーブルに飾る花を摘《つ》む習慣だったから、オーティス夫人も最初はまったく心配しなかったが、六時を打ってもヴァージニアが現われないのですっかり動揺し、息子たちを探しにやると共に、自分もオーティス氏と家中の部屋を見てまわった。少年たちは六時半に帰って来て、妹の姿はどこにも見あたらないと言った。一同はもう気が気でなくなり、どうすれば良いかわからなかったが、そのうちオーティス氏は急に思い出した。二、三日前、ジプシーの群が屋敷の庭でキャンプをしたいというので、許可を与えたのである。彼はそこで、長男と二人の作男を連れて、ジプシーたちがいるはずのブラックウェル窪地へ出かけた。チェシャー若公爵は不安のあまりひどく取り乱して、自分も行かせてくれと頼み込んだが、オーティス氏は許さなかった。喧嘩沙汰《けんかざた》になりはしないかと懼《おそ》れたからである。しかし、その場へ行ってみると、ジプシーたちは立ち去ったあとで、急な出発だったことははっきりしていた。焚火《たきび》がまだ燃えていたし、草の上に皿が散らばっていたからである。公使はワシントンと二人の男にその付近を捜索させ、自分は家に急ぎ帰って、州の警部全員に電報を打ち、浮浪者かジプシーにさらわれた女の子を探してくれと頼んだ。それから馬の用意を命じて、妻と三人の少年には晩餐をとるよう言いつけ、馬丁と一緒にアスコット街道を馬で走って行った。ところが、二、三マイルと行かないうちに、誰かが馬を疾駆《しっく》させて追いかけて来る音が聞こえた。ふり返って見ると、何と若公爵が真っ赤な顔をして、帽子もかぶらず、小馬に乗って来たのであった。「本当に申し訳ありませんが、オーティスさん」と少年は息を切らしながら言った。「ヴァージニアが見つからないうちは、晩御飯なんか喉を通らないんです。どうか怒らないでください。去年僕たちを婚約させてくだされば、こんなことにはならなかったんです。僕を追い返したりしないでしょう？　帰ることなんかできません！　帰りませんよ！」

公使は可愛い腕白小僧に微笑を禁じ得なかったし、ヴァージニアを思う気持ちに深く動かされたので、馬上から身をかがめて少年の肩を優しく叩くと、言った。「わかったよ、セシル、どうしても帰らないというなら、一緒に来てもらうしかあるまいね。しかし、アスコットで君に帽子を買ってあげなければいけない」

「帽子が何です！　僕はヴァージニアが欲しいんです！」若公爵は笑いながら言った。一行は鉄道の駅まで馬を飛ばした。オーティス氏はそこでヴァージニアらしき娘をホームで見かけなかったかと駅長に尋ねたが、何の消息も得られなかった。しかし、駅長は沿線の駅に電報を打ち、厳重な監視体制を敷くと約束した。それで、鎧戸《よろいど》を閉めようとしていたリンネル商の店で若公爵の帽子を買ったあと、オーティス氏はベクスリーへ向かった。そこは四マイルほど離れた村だったが、近くに大きな共有地があるため、ジプシーのたまり場として知られていると聞いたからである。ここで一同は地元の警察官を叩き起こしたが、何も情報は得られなかった。そこで、共有地を隈《くま》なくまわってから、馬首をめぐらして家路《いえじ》についた。十一時頃、猟園に帰り着いた時にはへとへとになり、胸もはり裂けんばかりだった。並木道がひどく暗かったので、ワシントンと双子が提灯を手に門番小屋のところで待っていた。ヴァージニアの行方に関する手がかりは、何ひとつ見つかっていなかった。ジプシーはブロックリー牧場でつかまえたが、彼女は一緒ではなかった。それに連中があわただしく出発したのは、チョートンの定期市の日《ひ》にちを間違えていたので、遅れてはいけないと急いで発《た》ったのだという。実のところ、かれらはヴァージニアの失踪を聞いて悲しんでいた。オーティス氏が庭園にキャンプを張るのを許してくれたことを大そう恩に着ていたからで、かれらのうちの四人はあとに残り、捜索に協力した。鯉の池も浚《さら》ってみたし、猟園中をとことん探したが、何も成果はなかった。いずれにしても、ヴァージニアの行方は、その晩のうちにはわからないことがはっきりした。オーティス氏と少年たちはすっかり打ち沈んで家へ歩いて行き、馬丁は二頭の馬と小馬を引いて、あとにつづいた。玄関広間に入ると、怯えた召使いたちが集っていて、図書室のソファーには気の毒なオーティス夫人が横たわっていた。夫人は恐怖と心配のあまり気も狂わんばかりで、年老った女中頭にオーデコロンを額にふりかけてもらっていた。オーティス氏は夫人に何か食べるように言い、一同のために夜食を用意させた。それは憂鬱な食事だった。

ほとんど口を利く者もなく、例の双子でさえ、姉さんが大好きだったから、畏《かしこ》まってシュンとしていた。食べ終わると、オーティス氏は、若公爵が起きていたいと懇願したにもかかわらず、全員に就寝《しゅうしん》を命じた。今夜はもう何もできない、明日の朝スコットランド・ヤードに電報を打って、刑事を何人かすぐによこしてもらうから、と言うのだった。みんなが食堂を出ようとしたその時、時計台から真夜中を告げる鐘の音が聞こえて来た。そして最後の一打が鳴った時、どしんバタンという音と共に、甲《かん》高《だか》い叫び声が聞こえた。恐ろしい雷鳴が家を揺るがし、この世ならぬ楽《がく》の音《ね》が流れて来たと思うと、階段の上の羽目板が一枚、大きな音を立ててうしろに外れ、踊り場に進み出たのは、真っ蒼になって手に小箱を持ったヴァージニアだった。みんなはすぐさま彼女のところへ駆け上がった。オーティス夫人は娘を両腕にひしと抱きしめ、公爵は息も詰まるほど猛烈なキスを浴びせた。双子は一同のまわりで途方もない戦《いくさ》の踊りをおどった。

「やれやれ！　おまえ、一体どこに行ってたんだ？」オーティス氏は娘が何か馬鹿な悪戯《いたずら》をしたのだと思って、少し腹立たしげに言った。「セシルとわたしは馬でそこら中走りまわって、おまえを探したんだぞ。それにお母さんは恐ろしくて死にそうになったんだ。こんな悪ふざけはもう二度としちゃあいかんぞ」

「幽霊には、やってもいいぞう！　幽霊には、やってもいいぞう！」双子はまわりで跳びはねながら、叫んだ。

「あなたが見つかって良かったわ。もう二度とわたしのそばを離れちゃだめよ」オーティス夫人はそうつぶやきながら、震えている子供に接吻して、くしゃくしゃになった金髪を撫でてやった。

「パパ」ヴァージニアは静かに言った。「あたし、幽霊と一緒だったの。あの人は死んじゃったから、見に来てちょうだい。すごく悪い人だったけど、自分のしたことを本当に後悔していて、死ぬ前にこのきれいな宝石の箱をくれたのよ」

家族はみんな、ものも言えないほどびっくりして少女を見つめていたが、本人は落ち着いていて、大真面目だった。ふり返ると、一同の先に立って、羽目板に開いた穴から狭い秘密の廊下を歩いて行った。ワシントンがテーブルから火の点いた蠟燭を取って来て、あとにつづいた。やがて一同は、錆びた飾り釘が打ってある大きな樫の扉の前に来た。ヴァージニアが触れると、扉は重い蝶番《ちょうつがい》をきしらせてうしろに開いた。その向こうは天井の低い小部屋で、天井は丸天井になっており、小さい格子窓が一つだけついていた。壁に巨大な鉄の輪が埋め込んであり、それに痩せこけた骸骨が繋《つな》がれていた。骸骨は石の床に大の字になっていて、肉のない長い指で古風な木皿《きざら》と水差しをつかもうとしているようだったが、それらは手が届きそうでとどかない場所に置いてあった。水差しにはかつて水が一杯に入っていたらしく、内側は緑の黴《かび》に被われていた。木皿には埃《ほこり》が積もっているだけだった。ヴァージニアは骸骨の傍らに跪いて、小さな手を合わせ、無言で祈りはじめた。ほかの者は驚異の念にかられて、たった今その秘密が自分たちの目にさらされた恐ろしい悲劇の跡を見ていた。

「うわア！」双子の一人がいきなり大声を上げた。彼はこの部屋が家のどちらの翼《よく》にあるのかを知ろうとして、窓の外を見ていたのだ。「うわア！　枯れたアーモンドの木に花が咲いてるよ。月の光で花がはっきり見える」

「神様があの人をお許しになったんだわ」ヴァージニアはおごそかにそう言って、立ち上がった。美しい光がその顔を照らしているように見えた。

「君は何ていう天使なんだろう！」若い公爵はそう叫ぶと、彼女の頸《くび》に腕をまわして接吻した。

七

こうした奇怪な出来事が起こってから四日後の夜の十一時頃、葬《とむら》いの行列がカンタヴィル猟園から出発した。霊柩車は八頭の黒馬に引かれ、どの馬も揺れる大きな駝《だ》鳥《ちょう》の羽根の飾りを頭にかぶっていた。鉛の柩《ひつぎ》は豪奢な紫の柩衣《ひつぎかけ》に被われ、そこには金糸《きんし》でカンタヴィル家の紋章が刺繍してあった。霊柩車と馬車のわきを召使いたちが松明《たいまつ》をかざして歩き、行列全体が素晴らしく印象的だった。カンタヴィル卿が喪主で、葬儀に参列するためウェールズからわざわざ出て来たのだったが、小さいヴァージニアと並んで先頭の馬車に坐っていた。その次の馬車には合衆国公使夫妻が乗り、その次にはワシントンと三人の少年が、最後の馬車にはアムニー夫人が乗った。夫人は一生のうちに五十年以上も幽霊に怖い思いをさせられたのだから、その最期を見とどける権利があると誰もが思ったのである。墓地の隅の、水松の老木の真下に深い墓穴が掘ってあり、オーガスタス・ダンピアー師がおごそかに祈りの言葉を読み上げた。式が済むと、カンタヴィル家で古くから守られている慣習《しきたり》に従い、召使いたちは松明を消した。柩が墓穴に下ろされる時、ヴァージニアが進み出て、柩の上に白と桃色のアーモンドの花でこしらえた大きな十字架をのせた。その時、月が雲間から現われて、小さな墓地に静かな銀色の光をふりそそぎ、遠くの木立から夜啼き鶯が歌いはじめた。ヴァージニアは幽霊が語った〝死の園〟のことを思い、涙に目が霞《かす》んできて、帰り路はほとんど一言も口を利かなかった。

翌朝、カンタヴィル卿がロンドンへ行く前に、オーティス氏は幽霊がヴァージニアにくれた宝石のことで卿と話し合った。その宝石は何とも素晴らしくて、ことに古いヴェネチア風の台座がついているルビーの首飾りは、十七世紀の宝飾品の優れた見本であり、いずれも大変貴重なものであるから、オーティス氏としては、娘がもらうことに相当のためらいを感じていたのだった。

「閣下」と彼は言った。「この国では永代所有の制が土地だけでなく飾り物にも適用されることを私は存じております。従って、この宝石は御尊家《ごそんけ》の家宝であり、そうでなければならぬことは明白です。ですから、あれはロンドンへお持ちになり、貴方の財産の一部が、ある奇妙な状況の下に還《かえ》って来たとお考えいただきたいのです。私の娘につきましては、あれはまだほんの子供で、有難いことに、ああした無用の贅沢品

には ほとんど関心がありません。また家内の申すところによりますと──妻《あれ》は美術品に関しては相当の目利きなのです。娘時代に、ボストンで幾冬かを過ごすという特権に恵まれましたのでね──あの宝石はたいそうな金銭的価値のある品物で、売りに出せば高値がつくそうです。かような次第ですから、カンタヴィル卿、あれを私の家族の誰かに持たせておくことは、とても出来ないことがおわかりいただけるかと存じます。それに、ああいう無駄な安ぴか物や玩具は、英国貴族の威厳のためにはふさわしくもあり、必要かもしれませんが、共和主義的純朴精神の、厳しく、そして私の信じますには不滅の徳義に基づいて育てられた人間の間では、まったく場違いでありましょう。それから、これは申し上げておくべきかと存じますが、ヴァージニアは貴方の不運な、しかし不心得な御先祖の形見として、あの箱をいただきたいと申しております。あれはたいそう古い物で、修理も利かないほど傷《いた》んでおりますから、娘の願いをきっとお許しくださるでしょう。私としては、正直なところ、わが子がどんな形であれ中世趣味に共感を示すことに、はなはだ驚いているのです。ヴァージニアは妻がアテネ旅行から戻ってまもなく、ロンドンの郊外で生まれましたが、そのせいとしか考えられませんな」

カンタヴィル卿はしごく真面目な面持ちで公使の話に耳傾けながら、灰色の口髭を時々引っ張り、微笑が浮かんで来るのを隠そうとしていた。やがてオーティス氏の話が終わると、その手を暖かく握って言った。「まことに、あなたの可愛らしいお嬢さんは、私の不運な先祖サー・サイモンのためにひとかたならぬ働きをしてくださいました。私も家族の者も、お嬢さんの驚くべき勇気と度胸に深く感謝しております。宝石は明らかに彼女のものです。私がもし無情にもそれを取り上げたなら、あの性悪《しょうわる》な爺さんは二週間もしないうちに墓から出て来て、私の暮らしを地獄のようなものにしてしまうでしょう。宝石が家宝かどうかという点について申せば、遺言状か法的文書に記載のないものは家宝ではありませんし、それにこの宝石の存在はまったく知られていなかったのです。請け合ってもよろしいですが、私にあの宝石を持つ権利がないのは、おたくの執事にないのと同様ですし、ヴァージニア嬢も成長なされば、身につける綺麗な物があることをお喜びになるでしょう。それにお忘れのようですが、オーティスさん、あなたは家具と幽霊も込みで屋敷をお買いになったのですから、幽霊の物は何であれ、そのままあなたの所有に移ったのです。なぜなら、サー・サイモンが夜の廊下でいかなる活動をして見せたにしても、法的に言うと、彼は現《げん》に死んでいるのですから、あなたは購入によってその財産を手に入れられたのです」

オーティス氏はカンタヴィル卿に拒わられてしごく困惑し、どうか考え直してくださいと言ったが、温良な貴族は頑《がん》として譲らなかった。結局、公使は娘が幽霊のくれた贈り物を持っていることを許したのである。そして、一八九〇年の春、若きチェシャー公爵夫人が結婚に際して、女王の最初の公式接見会に参じた時、彼女の宝石は居並ぶ人々の讃嘆の的となった。というのも、ヴァージニアはすべての善良なアメリカ人少女への御褒美《ごほうび》である貴族の宝冠を授けられて、幼い恋人が成人するとすぐに結婚したのだ。二人はどちらもたいそう魅力的で、こよなく愛し合っていたから、誰もがこの縁組を祝した。ただ年老ったダンブルトン侯爵夫人はべつで、夫人は七人いる未婚の娘の誰かのために公爵をつかまえようと試み、そのために三度も金のかかる晩餐会を催したのであった。そして、奇妙なことだが、オーティス氏自身も手放しでは喜べなかった。オーティス氏は若公爵を個人的にたいそう好いていたが、理論上は貴族制というものに反対で、彼自身の言葉を借りれば、「快楽を好む貴族社会の、人間を惰弱《だじゃく》にする影響力の中で、共和主義的純朴精神の真の徳義が忘れられはしまいかと一抹《いちまつ》の不安を持った」のである。さりながら、彼の申し立てた異議は完全に却下され、ハノーヴァー広場の聖《セント》ジョージ教会の通路を娘に腕をかして歩いた時、彼ほど誇らしげな男は、イギリス中を探してもほかにいなかったろうと筆者《わたし》は信ずる。

公爵夫妻は新婚旅行が終わるとカンタヴィル猟園へ行って、着いた翌日の午後、松林のそばの寂しい墓地へ歩いて行った。サー・サイモンの墓碑銘については、当初いろいろ面倒なことが持ち上がったが、結局、老紳士の名前の頭文字《かしらもじ》と図書室の窓に書かれた詩だけを刻むことに決まった。公爵夫人は綺麗な薔薇の花を持って行って、墓の上にふり撒《ま》いた。そしてしばらくその傍らに佇《たたず》んでいたあと、廃墟となった古い修道院の内陣へぶらぶら歩いて行った。そこで公爵夫人は倒れた柱の上に腰かけ、夫はその足元で煙草をふかしながら、顔を上げて妻の美しい眼を見た。突然、彼は煙草を投げ捨て、妻の手を取って言った。「ヴァージニア、妻は夫に秘密を持っちゃいけないよ」

「セシル！　あなたに秘密にしていることなんかなくてよ」

「いや、ある」彼は微笑《わら》って、こたえた。「君は幽霊とあの部屋に籠っていた時、何があったのか一度も言ってくれないじゃないか」

「誰にも話したことはないの、セシル」ヴァージニアは真面目に言った。

「わかってるよ。でも、僕には教えてくれたって良《い》いだろ」

「どうか訊《き》かないでちょうだい、セシル、言えないの。可哀想なサー・サイモン！　わたしはあの人にすごく恩をうけているわ。そうよ、笑わないで、セシル。本当にそうなのよ。あの人はわたしに教えてくれたの。〝生〟とは何か、〝死〟とはどういう意味か、そして〝愛〟がなぜそのどちらよりも強いのかを」

公爵は立ち上がって、妻に愛《いと》しげに接吻した。

「秘密を持っていてもいいさ、君の心が僕のものである限りはね」と彼はつぶやいた。

「それならいつまでもあなたのものよ、セシル」

「じゃあ、いつか僕らの子供たちに教えてくれるね？」

ヴァージニアは顔を赤らめた。

秘密のないスフィンクス

——銅版画《エッチング》——

ある日の午後、私はカフェ・ド・ラ・ペ[1]の外に腰かけ、パリ生活の輝かしさとみすぼらしさとをながめていた。ベルモットを飲み飲み、目の前を通り過ぎる豪奢《ごうしゃ》と貧困の奇妙なパノラマに驚き入っていると、誰かが私の名を呼ぶのが聞こえた。ふり返ると、マーチソン卿がいた。私たちは大学で一緒だったが、それ以来十年近く会っていなかったから、ひょっくり再会できたのが嬉しくて、心から握手を交わした。二人はオックスフォードで大の親友だった。私は彼が好きでならなかった。たいそうな美男子だし、元気一杯だし、高潔な男だったからである。学生仲間は彼について、よくこんなことを言ったものだ——あいつはいつも本当のことばかり言うが、そうでなかったら最高の奴なんだがなあ、と。しかし、じつはそういう率直さの故に、彼をいっそう尊敬していたのだと思う。久しぶりに会った彼は随分変わっていた。不安な、途方に暮れたような顔をして、何かに迷っているようだった。当今流行《はやり》の懐疑主義に悩んでいるのではなかろうと私は思った。マーチソンは筋金入りの保守派で、貴族院を信じるようにモーセ五書[2]を固く信じていたからだ。だから、女のことに違いないと結論して、もう結婚したのかと訊《き》いてみた。

「僕は女ってものが良く理解できないんだ」と彼はこたえた。

「ジェラルド君」と私は言った。「女は愛するものであって、理解するものじゃないよ」

「僕は信頼がなければ、愛することができない」

「ジェラルド、君の生活には謎があるようだね」と私は声を上げて言った。「話してくれよ」

「馬車に乗ろう」と彼はこたえた。「ここは人が多すぎる。いや、黄色い馬車はやめよう、何かほかの色の——そら、あの深緑の馬車が良いよ」ほどなく、私たちの乗った馬車はマドレーヌ寺院に向かって、大通り《ブールヴァール》を勢い良く走っていた。

「どこへ行く?」と私は言った。

1 パリ九区オペラ座の近くにある有名なカフェ。一八六二年に創業した。
2 旧約聖書の最初の五巻、「創世記」から「申命記」までを指す。

「どこでも、好きなところへ」と彼はこたえた――「森《ボワ》[3]のレストランが良い。あそこで食事をしよう。君のことをすっかり聞かせてもらうよ」

「その前に、まずそちらのことを聞きたいね」と私は言った。「君の謎を教えてくれ」

彼はポケットから銀の留金《とめがね》のついた小さなモロッコ革のケースを取り出して、こちらに渡した。開けてみると、中には女性の写真が入っていた。女は背が高く、ほっそりしていて、大きいぼんやりした眼とほぐした髪の毛が不思議と絵になる風情だった。千里眼のようにも見え、贅沢な毛皮に身をつつんでいた。

「その顔をどう思う？」と彼は言った。「真実《まこと》のある顔だろうか？」

私は写真を丹念に見た。それは秘密を持つ人の顔のように思われたが、良い秘密か悪い秘密かはわからなかった。その美しさはたくさんの謎から作り上げられた美しさ――いわば、造形的な美しさではなく心理的な美しさ――であり、唇の上に戯れている微《かす》かな笑みは、あまりにも捉《とら》え難くて本当の優しさを感じさせなかった。

「ねえ」彼は焦《じ》れったそうに言った。「どうだい？」

「黒貂《くろてん》の毛皮を着たジョコンダ[4]だね」と私は答えた。「この女《ひと》のこと、すっかり教えてくれよ」

「今はだめだ。食事のあとにしよう」彼はそう言って、ほかの話をはじめた。

給仕がコーヒーと紙巻煙草を持って来た時、私はジェラルドに約束を思い出させた。彼は立ち上がって部屋の中を二、三回歩きまわり、肘掛け椅子に深々と坐り込むと、次のような物語を語ったのである——

「ある日の夕方」と彼は言った。「僕は五時頃、ボンド街を歩いていた。道がおそろしく混雑して、乗物はほとんど動かなかった。その時、舗道のそばに小さい黄色の四輪馬車《ブルーアム》が停まっていて、それがなぜかしら僕の注意を引いた。そのわきを通ろうとすると、馬車から外を覗《のぞ》いたのが、今日の午後君に見せたあの顔なんだ。僕はたちまち魅《み》せられてしまった。その晩は一晩中、あの顔のことを考えつづけて、翌《あく》る日も同じだった。僕はあのろくでもないロウ[5]をあちこち歩きまわって、馬車という馬車を覗き込み、黄色い四輪馬車《ブルーアム》が来るのを待ったが、わが見知らぬ美女《マ・ベル・アンコニュ》は見つからなくて、

---

3 ブーローニュの森のこと。

4 レオナルド・ダ・ヴィンチの肖像画「モナ・リザ」のこと。この絵に描かれた女性はフィレンツェの商人フランチェスコ・デル・ジョコンドの妻なので、「ラ・ジョコンダ」と呼ばれる。

そのうち、あれはただの夢だったんだと思いはじめた。それから一週間ほどして、マダム・ド・ラスタイユの家《うち》で晩餐を食べることになった。晩餐は八時からの予定だったが、八時半になってもまだ客間で待たされていた。しまいに召使いが扉をサッと開けて、アルロイ夫人の到来を告げた。それが僕の探している女《ひと》だったんだ。彼女はたいそうゆっくりと入って来て、まるで月の光が灰色のレースをまとったみたいだった。そして何とも嬉しいことに、僕は彼女を晩餐の間《ま》へ連れて行くように言われた。席に着いてから、僕は何の悪気《わるぎ》もなしにこう言った。『アルロイさん、しばらく前に、ボンド街でお姿をお見かけしたように思うんですが』彼女は真っ蒼《さお》になって、小声で言った。『どうか、そんな大きな声でお話しにならないで。他人《ひと》が聞くかもしれませんわ』僕は出だしが拙《まず》かったことに悄気《しょげ》てしまい、やけくそになってフランスの芝居の話をはじめた。彼女はほとんど口を利《き》かず、しゃべる時はいつも、あの低い、音楽のような声で物を言ったが、まるで誰かに聞かれるのを恐れているようだった。僕は熱烈に、馬鹿みたいに恋に落ちて、彼女を取り巻く得も言われぬ謎めいた雰囲気に、燃えるような好奇心を掻き立てられた。彼女は晩餐が済むとまもなく帰ってしまったが、帰り際に、お訪ねしてもよろしいですか、と訊いてみた。彼女は一瞬ためらって、そばに人がいないかどうか確かめるように周囲《まわり》をチラと見てから、言った。『はい。明日の五時十五分前に』僕はマダム・ド・ラスタイユに彼女のことを教えてくれとせがんだけれども、わかったのは、彼女が未亡人で、パーク・レインに綺麗な家を持っているということだけだった。そのうち、科学者ぶったおしゃべり屋が未亡人論をはじめて、未亡人というのは夫婦間で適者生存の法則が働く実例である、なんて言い出したから、暇《いとま》を告げて家に帰った。

翌日、僕は約束の時間きっかりにパーク・レインの家へ行ったが、アルロイ夫人はたった今お出かけになりましたと執事に言われた。僕はもうがっかりして、どういうことなのか理由《わけ》もわからず、クラブへまわると、長いこと考えた末に手紙を書いて、べつの日の午後に伺《うかが》ってもよろしいですかとたずねた。返事は四、五日来なかったが、しまいに日曜日の四時なら家にいる旨の短い手紙が来て、それにはこんな変な添書《そえがき》があった――『どうか、こちらにはもうお手紙をくださいませんように。お目にか

5　ハイド公園《パーク》にあるロットン・ロウという道のこと。上流人士が馬車などに乗って、ここを練る習慣があった。

かった上で、御説明いたします』日曜日に彼女は会ってくれて、素晴らしく魅力的だった。だが、帰ろうとすると、こう言うんだ。もしもまた手紙を書くことがあったら、『グリーン街ホイッタカー図書館気付、ノックス夫人宛』に出して欲しいと。『いろいろ事情がございまして』と彼女は言った。『自宅では手紙を受け取れないのです』

その社交季節《シーズン》の間、僕は何回も彼女に会ったが、謎めいた雰囲気はけして彼女から離れることはなかった。誰か男がいるんじゃないかと考えたこともあるが、人を寄せつけない彼女の様子を見ると、そうとも信じられなかった。まったく、僕にはどういう結論も出せなかった。彼女は博物館に飾ってある不思議な水晶のように、ある時は澄んでいるかと思うと、ある時は曇《くも》っていたからだ。ついに僕は結婚を申し込もうと決心した。訪問の都度《つど》、また時たま手紙を出す際にも、彼女は絶えず秘密厳守を要求してくるので、ほとほとうんざりしてしまったんだ。僕は図書館気付の手紙を書いて、次の月曜六時に会ってもらえるかと尋ねた。『はい』という返事だったので、天にも昇る心地になった。彼女にぞっこん惚《ほ》れていたんだ。謎があっても——とあの時は考えていたが、謎があったからこそ夢中になったんだと今では思う。いや、違う。僕はあの女《ひと》自身を愛していたんだ。謎は僕を悩ませ、僕を狂わせた。一体、どういうめぐり合わせで、あんなところに出っくわしたんだろう?」

「それじゃ、謎は解けたんだね?」と私は言った。

「そうらしい」と彼はこたえた。「でも、君自身で判断してくれたまえ」

「月曜日になると、僕は叔父の家に午餐《ひる》を食べに行って、四時頃にはマリルボーン通りにいた。知っての通り、叔父はリージェンツ・パークに住んでいるのでね。僕はピカデリーへ行きたくて、ごみごみした細い通りをいくつも抜けて近道をした。すると突然、目の前をアルロイ夫人が、深々と面紗《ヴェール》をかぶって、急ぎ足に歩いて行くのが見えたんだ。夫人は通りの一番端の家まで来ると、入口の石段を上がって、掛け金の鍵を出して、中に入った。『これが謎なんだな』僕はそう思って、急いで近づくと、家の様子を調べた。そこは一種の貸間らしかった。入口の段にハンカチが落ちていた。彼女が落としたんだ。僕はそれを拾って、ポケットに入れた。それから、どうしたものかと考えはじめた。彼女をこっそり見張る権利なんか自分にはないという結論に達して、馬車でクラブへ向かった。それから、六時に彼女の家へ会いに行った。彼女はソファーに横たわっていた。風変わりな月長石の輪でとめた銀色の薄物の茶会服を着ていたが、それは彼女がいつも着ていた服なんだ。彼女はじつに綺麗だった。『お目にかかれて嬉しいわ』と言った。『わたし、一日中外へ出ませんでしたの』僕は唖然《あぜん》として彼女を睨《にら》みつけると、例のハンカチをポケットから出して、突きつけた。『アルロイ夫人《さん》、あなたは今日の午後、カムナー街でこれをお落としになりましたね』僕は穏やかにそう言った。彼女はぎょっとして僕を見たが、ハンカチを取ろうとはしなかった。『あそこで何をしていらしたんです?』と僕は尋ねた。『あなたに何の権利があって、そんなことをお訊きになるの?』と彼女は言った。『あなたを愛する男の権利です』と僕はこたえた。『僕はあなたに妻になってくださいと言いに、ここへ来たんです』彼女は両手で顔を隠し、ワッと泣きだした。『教えていただきたい』と僕は言葉をつづけた。彼女は立ち上がって、僕の顔をまっすぐ見ながら言った。『マーチソン卿、お話しすることは何もありません』――『誰かに会いに行ったんだ』と僕は言った。『これがあなたの謎なんだ』彼女は恐ろしく蒼白になって言った。『誰に会いに行ったのでもありません』――『本当のことが言えないんですか?』と僕は叫んだ。『それは申し上げました』と彼女はこたえた。僕はカッとして、狂ったようになった。何を言ったか憶えていないが、ともかくひどいことを言って、結局、家をとび出した。彼女は翌日手紙をくれた。僕は開封せずに送り返して、アラン・コルヴィルと一緒にノルウェーへ旅立った。一月後に戻って来た時、『モーニング・ポスト』で最初に見た記事がアルロイ夫人の訃報《ふほう》だった。彼女はオペラ座で風邪《かぜ》をひいて、五日も経たないうちに肺の鬱血《うっけつ》で亡くなったんだ。僕は家に閉じこもって、誰にも会わなかった。それほど彼女を愛していたんだ。狂ったように愛していたんだ。いやはや！　どんなにあの女《ひと》を愛していたことだろう！」

「その通りへ、そこの家へ行ってみたかい？」と私は言った。

「うん」と彼はこたえた。

「ある日、カムナー街へ行ってみたよ。そうせずにはいられなかった。疑念に苛《さいな》まれていたのでね。扉を叩くと、上品な様子の婦人が開けてくれた。貸間はありますかと尋ねると、『そうですね』とこたえた。『客間はお貸ししているのですが、あの御婦人は三ヵ月もお見えになりません。部屋代も滞《とどこお》っておりますので、お使いになっても良うございます』――『それは、この御婦人ですか？』僕はそう言って、写真を見せた。『たしかに、この方です』と彼女は叫んだ。『いつお戻りになるんでございますか？』――『この方は亡くなりました』と僕はこたえた。『まあ、まさか！』と女は言った。『家《うち》の一番良いお客様でしたのに。週に三ギニーもお払いになって、時々客間に坐っていらっしゃるだけだったんですから』──『ここで誰かと会っていたんですか？』と僕は言ったが、女はそんなことはないと断言した。いつもたった独りで来て、誰にも会わなかった、と。『一体、ここで何をしていたんです？』と僕は言った。『あの方はただ客間にお坐りになって、本を読んだり、時にはお茶を召し上がったりしていらしたんです』と女はこたえた。僕は何と言ったら良いかわからなかったので、その女に一ソヴリンやって、立ち去った。さあ、これはどういうことだと思う？　あの女が本当のことを言ったなんて信じないだろう？」

「信じるよ」

「それじゃ、アルロイ夫人はなぜあそこへ行ったんだね？」

「ねえ、ジェラルド君」と私はこたえた。「アルロイ夫人は謎が好きでたまらない女性だっただけなのさ。その部屋を借りたのはね、面紗《ヴェール》をかぶってそこへ行って、物語の主人公になったような想像をするのが楽しかったからなんだ。秘密が大好きだったけれども、彼女自身は秘密のないスフィンクスにすぎなかったんだよ」

「本当にそう思うのかい？」

「間違いない」と私はこたえた。

彼はモロッコ革のケースを取り出し、開けて、写真を見た。「そうかなあ」と最後に言った。

模範的億万長者

——感嘆符——

人間、裕福でなければ、魅力的であってもしようがない。ロマンスというものは金持ちの特権であって、失業者の職業《しごと》ではないんだ。貧乏人は実際家で、散文的でなければいけない。魅惑的な人間であるよりも、一定の収入がある方が良い。こういったことは現代生活の偉大なる真理であるが、ヒューイ・アースキンはけして理解しなかった。可哀想なヒューイ！　知性ということで言えば、彼は大した人間ではなかったと認めざるを得ない。一生のうちに一度も気の利《き》いた文句を言わなかったし、意地悪なことさえ口にしたためしがない。だが、そのかわり素晴らしい美貌の持主で、縮《ちぢ》れた髪の毛は鳶色《とびいろ》、横顔はくっきりしていて、眼は灰色だった。男にも女にも人気があり、あらゆる才芸を身につけていたが、金儲《かねもう》けの術だけはべつだった。父親は彼に遺産として、騎兵隊の剣と『半島戦役史』[1]全十五巻を遺《のこ》した。ヒューイは剣を姿見の上にかけ、本は書棚の「ラフ案内」と「ベイリー雑誌」の間に置いて、年老《としと》った叔母さんがくれる年に二百ポンドの金で暮らしていた。あの男はあらゆることをやってみた。半年間、証券取引所へ通ったが、雄牛や熊の間で蝶々[2]に何ができよう？ 茶の商人はもう少し長続きしたが、白毫《ペコー》だの小種《スーチョン》[3]だのにはすぐ飽きてしまった。それから、ドライ・シェリーを売ろうとした。こいつも上手く行かなかった。シェリーが少しドライすぎたんだ。とどのつまり彼は無為《むい》の人となった。愉快な役立たずの若者で、横顔は非の打ちどころがないけれども、定職もないというわけだ。

しかも悪いことに、彼は恋をしていた。彼の好きな娘はローラ・マートンといって、引退した陸軍大佐の娘だったが、親父《おやじ》さんはインドで癇癪《かんしゃく》持ちになった上、消化不良を起こし、どちらもそれっきり治らなかった。ローラは彼に首ったけで、彼はローラの靴の紐《ひも》に接吻することも厭《いと》わなかった。二人はロンドン一美貌の恋人同士でありながら、二人とも一文なしだった。大佐はヒューイが大好きだったけれども、婚約の

1　ロバート・サウジー（一七七四～一八四三）の著書。半島戦役とは、ウェリントン将軍がナポレオンの軍をイベリア半島から駆逐した戦をいう。

2　英語の符牒で「雄牛《ブル》」は株式の買い方を、「熊《ベアー》」は売り方を言う。「蝶々《バタフライ》」にはのらくら者の意味がある。

3　いずれも茶の種類。

話には耳を貸さなかった。

「ねえ、君。一万ポンドの財産ができたら、おいで。考えてみようじゃないか」というのが口癖だった。だから、ヒューイはあの頃、ひどく不機嫌な顔をしていて、ローラのところへ行って慰めてもらわねばならなかった。

ある朝、彼はマートン家が住んでいるホランド・パークへ行く途中、親友アラン・トレヴァーの顔を見に立ち寄った。トレヴァーは画家だった。実際、近頃は猫も杓《しゃく》子《し》も画家という御時世だが、彼は芸術家でもあって、芸術家というのは少々珍しい。人間として見れば、彼は無骨な変人で、そばかすだらけの顔に赤いモジャモジャの鬚《ひげ》を生やしていた。けれども、絵筆を取ると真の巨匠で、人々はその絵を争い求めた。

彼はヒューイにたいそう惹《ひ》かれていたが、最初はもっぱらその美貌の故だったと言わざるを得ない。「絵描きがつきあうべき人種は」と彼はよく言っていた。「愚鈍《ベット》であって美しい人間、見ていると芸術的な喜びになり、話をすると知的な休息になる人間だけだ。洒落《しゃれ》た男と可愛い女が世界を支配する。少なくとも、支配するべきなんだ」しかし、ヒューイの人柄をもっと良く知ってからは、彼の明るく楽天的な気性や、鷹揚で向こう見ずな性格が顔形と同じくらい好きになり、アトリエにいつでも出入りして良いという許しを与えたんだ。

ヒューイが入って来た時、トレヴァーは乞食を描いた等身大の素晴らしい絵に、最後の仕上げをしているところだった。乞食本人は、アトリエの隅に設けた一段高い台の上に立っていた。しなびた老人で、皺《しわ》くちゃの羊皮紙のような顔に、何とも哀れな表情を浮かべていた。肩に粗《あら》い茶色のマントを引っかけていたが、そいつはぼろぼろに破れていた。覆《は》いているどた靴はつぎはぎだらけで、片方の手でごつい杖に寄りかかり、もう片方の手で形のくずれた帽子を差し出し、施《ほどこ》しを乞うていた。

「何ていう凄いモデルだろう！」ヒューイは友と握手をしながら、ささやいた。

「凄いモデルだって？」トレヴァーは大声で言った。「まあ、そうだな。あんな乞食には、そうそうお目にかかれるもんじゃない。見つけ物だよ、君《トルヴァイユ・モン・シェール》。生身のベラスケスだ！　いやはや！　レンブラントがこの男をモデルにしたら、どんな銅版画《エッチング》をつくっただろう！」

「気の毒な爺《じい》さんだ」とヒューイは言った。「何て惨《みじ》めな顔をしてるんだろう！　しかし、君たち画家にとっちゃ、この顔が彼の財産なんだろうね？」

「そうとも」とトレヴァーは答えた。「乞食に幸せそうな顔をしてもらいたくはないだろ?」

「モデルって、いくらもらえるんだい?」ヒューイはそう言いながら、長椅子に気持ち良く腰を下ろした。

「一時間一シリングだよ」

「それで、君の絵はいくらに売れるんだい、アラン?」

「ああ、この絵なら二千だ」

「二千ポンド?」

「二千ギニー[4]だよ。画家や、詩人や、医者はいつもギニーでもらうんだ」

「そんなら、モデルにも歩合《ぶあい》をやるべきだと思うな」ヒューイは笑いながら言った。

「君と同じくらい一生懸命に働くんだから」

「冗談じゃない! だって、考えてみたまえ、絵具を塗る手間だけでも大変なんだぜ。それに一日中、画架の前に立ってなきゃならないんだ。ヒューイ、君があれこれ言うのは結構だがね、芸術がほとんど肉体労働の尊厳に達する時だってあるんだぜ。でも、おしゃべりはやめてくれ。僕は忙しいんだ。煙草でも吸って、静かにしていたまえ」

しばらくすると召使いが入って来て、額縁屋が話をしたがっているとトレヴァーに告げた。

「逃げないでくれよ、ヒューイ」トレヴァーは出て行きながら言った。「すぐ戻って来るから」

乞食の老人はトレヴァーがいない隙《ひま》に、背後《うしろ》にあった木の椅子に腰かけて、少し休んだ。何ともわびしく惨めな様子をしているので、ヒューイは同情しないではいられず、金がないかとポケットの中をさぐった。ソヴリン金貨[5]一枚と小銭が少しあるだけだった。「可哀想な爺さんだ」と彼は思った。「僕よりもこの金を必要としてるんだ。でも、やっちまうと、向こう二週間は二輪馬車《ハンサム》に乗れないなあ」彼はアトリエの向こう側へ歩いて行って、ソヴリン金貨を乞食の手に滑り込ませた。

老人はハッとしたが、しなびた唇を微《かす》かな微笑がよぎった。「おありがとうございます」と彼は言った。「ありがとうござい」

---

4 当時英国の通貨は十二ペンスが一シリング、二十シリングが一ポンドだったが、これとはべつに二十一シリングを一ギニーと呼び、ポンドとは異なる意味合いをもって使用された。

5 一ポンドの金貨。

やがてトレヴァーが戻って来た。ヒューイは自分のしたことが少し気恥ずかしくなって、暇《いとま》を告げた。その日はローラと一緒に過ごし、もったいないことをしたわねと可愛らしい口ぶりで叱られて、歩いて家へ帰らねばならなかった。

その夜十一時頃、「パレット・クラブ」に出かけてみると、トレヴァーが喫煙室に独りで坐って、ホック・アンド・セルツァー[6]を飲んでいた。

「やあ、アラン、絵は無事に完成したかい？」彼はそう言って煙草に火を点《つ》けた。

「出来上がって額縁に入れたよ」とトレヴァーはこたえた。「ところで、君、惚《ほ》れられちゃったぜ。君が会ったあのモデルの老人が、君に首ったけなんだ。君のことを洗いざらい話さなければならなかったよ――君が何者で、どこに住んでいて、収入はどれだけあるか、将来の見込みはどうか――」

「おい、おい、アラン」ヒューイは叫んだ。「きっと家《うち》へ帰ったら、あの爺さんが待ってるぞ。でも、もちろん、冗談だよな。可哀想な年寄りだ！　何とかしてやりたいなあ。あんなに惨めな人がいるっていうのは、恐ろしいことだ。家《うち》には古着がいっぱいあるけど――欲しがると思うかね？　あの人の着ていた襤褸《ぼろ》は、もうバラバラにほぐれそうだったぜ」

「でも、あれを着た姿は素晴らしいよ」とトレヴァーは言った。「あの男がフロックコートを着てたら、いくらお金を積まれたって絵には描《か》かないな。君が襤褸と呼ぶものを僕はロマンスと呼ぶ。君には貧しさと見えるものが、僕にとっては画趣《おもむき》なんだ。しかし、君の志《こころざし》は伝えておくよ」

「アラン」ヒューイは真面目に言った。「君たち画家って、心ない連中だな」

「芸術家の心は頭脳なんだ」とトレヴァーはこたえた。「それに、僕らの仕事は世界を見たままに表現することであって、知るがままに改革することじゃない。餅《ア・シャカン・ソン・メチエ》は餅屋さ。それはそうと、ローラはどうしてる。あのモデルの老人が彼女にすごく興味を持っていたぜ」

「まさか、あいつに彼女のことを話したんじゃないだろうな？」とヒューイは言った。

「話したとも。彼は強情な大佐のことも、可愛いローラのことも、一万ポンドのことも、みんな知ってるよ」

「あの乞食爺さんに、僕の私事《わたくしごと》をすっかり教えたのかい？」ヒューイは真っ赤に

6　ライン産の白葡萄酒を炭酸水で割った飲み物。

なって怒った。

「あのね」トレヴァーは微笑んで言った。「君の言う乞食爺さんは、ヨーロッパでも有数の金持ちの一人なんだ。明日ロンドン中を買い占めたって、口座にお金が残るんだよ。あらゆる国の首都に家を持ってるし、黄金《きん》の皿で食事をするし、その気になればロシアの戦争をやめさせることもできる」

「一体全体どういうことだい？」とヒューイは叫んだ。

「つまりね」とトレヴァーは言った。「君が今日アトリエで会った老人は、オースベール男爵なんだよ。僕と大の仲良しで、絵はみんな買ってくれるし、いろいろ贔屓《ひいき》にしてくれるんだが、一ヵ月前、自分を乞食の姿で描いてくれと言ってきたんだ。しようがないよ《ク・ヴーレ・ヴー》。億万長者の気まぐれ《ラ・ファンテーズ・ダン・ミリオネール》ってやつさ！　たしかに襤褸をまとった彼は、じつに堂々たる姿だったと言わなきゃならん――僕の襤褸を、と言うべきかな。あれは僕がスペインで買った古い背広なんだ」

「オースベール男爵だって！」ヒューイは言った。「何てことだ！　僕はあの人に一ソヴリンやっちまった」彼は狼狽《ろうばい》を絵にしたような格好で、肘掛椅子に身を沈めた。

「一ソヴリンやったんだって！」トレヴァーは大声を上げ、腹を抱えて笑いだした。

「おい、君、その金はもう戻って来ないぜ。他人の金を動かすのが彼の仕事なんだ《ソン・アフェール・セ・ダルジャン・デ・ゾートル》」

「教えてくれたって良いじゃないか、アラン」ヒューイはむっつりと言った。「そうすれば、あんな馬鹿な真似をしなくても済んだのに」

「でも、そもそもね、ヒューイ」とトレヴァーは言った。「君があちこちでそんな向こう見ずな施しをするなんて、思ってもみなかったんだ。可愛いモデルにキスするんならわかる。でも、醜《きたな》いモデルに一ソヴリンやるなんて――とてもじゃないが理解できんね！　それに、実を言うと、今日は誰が訪ねて来ても会わないつもりだったんだ。君が入って来た時もね、オースベールが名前を出されるのを厭がるかもしれないと思った。知っての通り、彼は正装していなかったからね」

「僕のことをよほどの間抜けだと思ったろうなあ！」とヒューイが言った。

「とんでもない。君が行ったあと、あの人は上機嫌だったよ。ずっとクスクス独り笑いしながら、皺だらけの手をこすり合わせていた。どうしてあんなに君のことを知りたがるのかわからなかったが、やっと謎が解けたよ。ヒューイ、彼は君の一ソヴリンを君のかわりに投資して、半年ごとに利息を払ってくれるぜ。そうして、食後に素晴らしい話をするってわけだ」

「僕はついてない男だ」ヒューイは唸《うな》った。「寝てしまうのが一番だな。でも、アラン、頼むから誰にも言わないでくれよ。ロウで人前に出られなくなっちまう」

「何を言ってるんだ！　ヒューイ、この話を聞いたら、誰しも君の博愛精神に感服するじゃないか。それに逃げるなよ。煙草をもう一本吸って、ローラのことを好きなだけ話したまえ」

　しかし、ヒューイは長居をせず、ひどく不幸せな気分で、歩いて家に帰った。あとに残ったアラン・トレヴァーは大笑いした。

　翌朝、朝食をしたためていると、召使いが名刺を持って来た。それには「ムッシュー・ギュスターヴ・ノーダン、オースベール男爵代理」と記してあった。「きっと謝罪を求めに来たんだな」ヒューイはそう思って、お客を通すよう召使いに言った。

　金縁眼鏡をかけた白髪の老紳士が部屋に入って来て、かすかにフランス訛《なま》りのある言葉で言った。「貴方様はムッシュー・アースキンであられますか？」

　ヒューイはうなずいた。

「オースベール男爵のもとから参りました」と紳士は言葉をつづけた。「男爵は――」

「どうか、あの方に衷心《ちゅうしん》からのお詫びを申し上げて下さい」ヒューイはへどもどして言った。

「男爵から」老紳士はニッコリ微笑《ほほえ》んで、「貴方様にこの手紙をお渡しするよう言いつかって参りました」そう言うと、封をした封筒を差し出した。

封筒の表には、「結婚祝い。ヒューイ・アースキンとローラ・マートンへ。乞食爺さんより」と書いてあり、中には一万ポンドの小切手が入っていた。

二人の結婚式には、アラン・トレヴァーが花婿の付添人をつとめ、男爵が披露宴でスピーチをした。

「億万長者《ミリオネア》のモデルというのも」とアランは言った。「この世に稀《まれ》だが、模範的億万長者《モデル・ミリオネア》は、いやはや、もっと珍しいよ！」

7　ハイド・パークの並木道ロットン・ロウのこと。

スフィンクス

マルセル・シュオップに
友情と
敬愛を
籠《こ》めて捧ぐ

わが部屋の仄暗《ほのぐら》い片隅に、私が思うよりも長いこと、
美しい黙《もだ》せるスフィンクスが、移りゆく薄闇の向こうから私をずっと見守っている。

侵し難い不動の姿勢で、立ち上がりもせず、身動きもしない。
銀色の月は彼女にとって何物でもなく、蹌踉《よろ》めく太陽も何物でもない故に。

灰色に次いで紅《くれない》が大気を渡り、月光の波も満ちては引く。
されど、彼女は暁《あかつき》と共に去らず、夜の間《ま》をそこにいる。

暁は暁に次ぎ、夜々は老いるが、その間ずっとこの奇妙な猫は
黄金で縁《ふち》どった繻子《しゅす》の眼をして、支那の敷物に寝そべっている。

敷物に寝そべり、流し目でこちらを見、柔らかい絹のような毛皮が
朽葉色《くちばいろ》の喉《のど》に顫《ふる》え、尖《とが》った耳に小波《さざなみ》を寄せる。

こちらへ来い、わが美しき宗主《そうしゅ》よ！　かくも眠気を誘う者、かくも彫像の如《ごと》き者よ！
こちらへ来い、絶妙にしてグロテスクなる者よ！　半ばは女、半ばは獣なる者よ！
こちらへ来い、わが美しき懶惰《らんだ》なるスフィンクスよ！　私の膝に頭《こうべ》をのせて、
君の喉を撫《な》でさせてくれ。大山猫のように斑《まだら》のある身体を見せてくれ！
そして、あの湾曲した黄色い象牙の爪に触れ、
君の重い天鵞絨《びろうど》の足に奇怪な毒蛇のように巻きつく尾をつかませてくれ！

一千の倦怠《けだる》い世紀が汝《なんじ》のものだ。かたや私はまだ二十遍《ぺん》と見ていない、
夏が緑の衣を投げ捨て、秋のけざやかな衣裳をまとうのを。
然《しか》るに、君は大いなる砂岩の方尖塔《オベリスク》に刻まれた神聖文字が読め、
バシリスコス[1]たちと語り、ヒッポグリフ[2]たちに会ったのだ。
ああ、聞かせてくれ、イシスがオシリス[3]に向かって跪《ひざまず》いた時、君は傍《かたわ》らにいたのか？
そして君は見たのか、彼《か》のエジプト女[4]がアントニウスのために大粒の真珠を溶かし、

---

1 ギリシア・ローマ伝説に登場する怪蛇。さまざまな種類がある。「蛇の王」といわれ、雄鶏の卵から生まれると考えられた。近づいたものを燃え上がらせる、その姿を見ただけで死ぬ、などの説があった。

2 馬の身体にグリフィンの頭と翼を持つ怪物。グリフィン（あるいはグリュプス）はギリシア神話中の怪獣で、鷲の頭と翼、ライオンの胴体を持つ。

3 イシスはエジプトの女神。オシリスはその兄弟であり、夫でもある。

宝石を飲んだ葡萄酒を飲み、ふざけて頭《こうべ》を垂れ、
巨漢の総督[5]が海から塩漬けの鮪《まぐろ》を釣るのをこわごわ見るふりをする、そのさまを？

そして君は見たのか、キュプロス島の女神[6]が棺台に横たわった白いアドニスにくちづけるのを？

そして君はヘリオポリスの神アメナルク[7]に随《つ》いて行ったのか？

そして君はトート[8]と語り、三日月の角《つの》を生《は》やしたイオ[9]の泣き声を聞いたのか？

そして楔形《くさびがた》のピラミッドの下に眠る、薬塗られし王達を知っていたのか？

人が身を沈める小蒲団に似た、君の大きな黒い繻子の眼を上げよ！

わが足元にじゃれつくが良い、夢幻《ゆめ》のようなスフィンクスよ！　君のあらゆる思い出を歌ってくれ！

歌ってくれ、聖なる御子《みこ》とさすらったユダヤ女[10]のことを、

4　エジプトの女王クレオパトラ。カエサルの死後、マルクス・アントニウスの恋人となった。
5　アントニウスのこと。クレオパトラが彼の釣針に塩漬けの魚をつけて釣らせたという逸話が、プルタルコス『英雄伝』に見える。
6　アプロディテ（ウェヌス）のこと。キュプロス島はこの女神の信仰が盛んな土地だった。アドニスは彼女が愛した美少年。狩りをして猪に殺された。
7　ヘリオポリス（太陽の都を意味する）は古代エジプトの都市。アメナルクはのちに登場するアモンの異名。
8　朱鷺《とき》の頭をしたエジプトの知恵の神。ギリシア神話のヘルメスと同一視された。
9　河の神イナコスの娘。美しいニンフ。ゼウスは彼女と戯れている時、妻ヘラが近づいて来たので、彼女を牝牛の姿に変えた。
10　聖母マリアを指す。ヘロデ王の迫害をおそれて、聖家族がエジプトへ逃げる逸話への言及。

君が如何《いか》にかれらを導いて曠野《あれの》を過《よぎ》らせ、かれらが如何にして君の蔭《かげ》に眠ったかを。

歌ってくれ、あの馨《かぐわ》しい緑の夕《ゆうべ》のことを。その時、君は川の縁に身をかがめて、
ハドリアヌス[11]の黄金の艀《はしけ》から洩《も》れ来るアンティノオスの笑い声を聞き、
流れを嘗《な》めて渇《かわ》きを癒《いや》し、熱く飢えた視線で、
石榴《ざくろ》の唇《くち》した世にも稀《まれ》なる若い奴隷の、象牙の肉体を見ていたのだ！

歌ってくれ、半人半獣の牡牛が入れられた迷宮[12]のことを！
歌ってくれ、君が彼《か》の神殿の御影石《みかげいし》の台座を這《は》って行った夜のことを。
その夜、緋色《ひいろ》の朱鷺《とき》は怯《おび》えて叫び声を上げながら、紫の廊下を飛んで逃げ、
呻《うめ》くマンドラゴラ[13]から、おぞましい露が滴《したた》った。
鈍《のろ》い大鰐《おおわに》は池の中でぬらぬらした涙を流し、

両の耳から宝石を千切《ちぎ》り取って、よろめいてナイル川に戻った。
僧たちは甲高《かんだか》い聖歌を歌い、君を呪った。君がかれらの蛇を爪にとらえ、
戦《おのの》く棕櫚《しゅろ》の木の傍らで情欲を満たそうと、それを持って這い去ったから。

11 ローマ五賢帝の一人。美少年アンティノオスを寵愛した。アンティノオスはナイル川で溺れて死んだとも言う。

12 クレタ島の迷宮には、頭が牡牛で身体は人間の形をした怪物ミノタウロスが住んでいた。アテナイの人々は、毎年七人の青年と七人の処女をこの怪物の犠牲としたが、のちに英雄テセウスが怪物を退治した。

13 毒草マンドラゴラは根が人間の形をしていて、引き抜くと悲鳴を上げるという。

誰と誰が君の恋人だったのだ？　君のために埃《ほこり》の中で取っ組み合ったのは誰だ？
どちらが君の欲望の器《うつわ》だったのだ？　君は日々、如何《いか》なる情夫を持ったのだ？

大蜥蜴《おおとかげ》たちは葦《あし》の茂る岸辺で、君の前に来てかがんだのか？
大きな金属《かね》の脇腹を持つグリュフォンたち[14]は、踏みしだかれた寝床で君に跳《と》びつい
たのか？

奇怪なる河馬《かば》たちは、霧の中で君に躙《にじ》り寄ったのか？
黄金の鱗《うろこ》に被われた龍たちは、君が通りかかると情欲に身悶《みもだ》えたのか？

煉瓦造りのリュキアの墓からは、如何なる醜悪なキマイラ[15]が
恐ろしい頭を持ち、恐ろしい焔《ほのお》を吐いて、君の子宮《はら》から新たな驚異を生むために
やって来たのか？

また君は密《ひそ》かに恥ずべき探索をして、琥珀色《こはくいろ》の水泡《みなわ》の中に身を丸める
珍らかな水晶の乳房をしたネレイスたち[16]を、君の故郷に連れ去ったのか？
また君は水泡を踏んで、褐色のシドンの神[17]に呼びかけたのか、
レヴィアタン[18]の消息《たより》を、レヴィアタンかべヘモト[19]の消息を聞こうとして？
また日の沈む頃、サボテンの茂る坂を登って、

14　グリフィンに同じ。ライオンの身体に鷲の頭と翼を持ち、背中は羽毛に覆われた怪物。黄金で巣をつくり、その黄金の番をしていると考えられた。
15　山羊の胴体にライオンの頭、龍の尻尾を持つ怪物。リュキアの町を荒らした。ベレロポンがペガサスに乗って、これを退治した。
16　海神ネレウスの娘たちで、その数は五十人あるいは百人といわれる。
17　シドンはテュロスと共に有名なフェニキアの都市。
18　「ヨブ記」「イザヤ書」などに登場する海の怪物。
19　「ヨブ記」に登場する、大きく強力な獣。

磨き上げた黒玉の身体を持つ、黒いエティオピアの神に会いに行ったのか？
また君は黄昏時《たそがれどき》、陶製の軽舟《ふね》が灰色のナイルの平瀬を下って行き、
蝙蝠《こうもり》が神殿の竪筋《たてすじ》絵様《えよう》のまわりを翔《と》び交《か》っている頃、

砂洲の縁に忍び寄り、沈黙の湖を泳ぎ渡って、
納骨堂にもぐり込み、ピラミッドを君の遊び場としたのか？

一つひとつの黒い石棺から、薬を塗り、繃帯《ほうたい》にくるまれた死者が立ち上がるまで？
また君は象牙の角《つの》持つトラゲラポス[20]を臥所《ふしど》に誘ったのか？
また君はヘブライ人を苦しめ、腰に葡萄酒をかけられた
蠅の神[21]を愛したのか？　また緑柱石の眼をしたパシュト[22]を？
またあの若き神、アシュタロト[23]の鳩よりも淫猥《みだら》なる

テュロスの神[24]を？　また君はアッシリア人の神[25]を愛したのか？
その神の翼は、奇妙な透きとおった滑石《かっせき》に似て、鷹《たか》の顔した頭の上に高く持ち上がり、
銀色と赤に塗られて、金銅[26]の条《すじ》が入っている。
また巨大なアピス[27]は車から跳び下り、君の足元に
蜂蜜のように甘く、蜂蜜の色した大きな睡蓮《すいれん》の花を置いたのか？

20　山羊と雄鹿が一体となった形の伝説的な獣。
21　ベルゼブブのこと。古代エジプト人とカナン人の神で、ユダヤ人は「蠅の王」と呼んだ。
22　別名バスト。イシスの娘でホルスの姉妹にあたるエジプトの女神。猫をその聖獣とする。
23　カナンをはじめ中東から地中海沿岸各地で崇拝された女神。鳩はこの女神の象徴だった。
24　アドニスのこと。
25　アッシュール。隼《はやぶさ》の頭と翼を持つ神。エジプトのホルスに相当する。
26　金に似た一種の合金。古代人が珍重した。
27　エジプトの神オシリスの魂が宿ると信じられた、神聖な牝牛。

君の微笑は何と秘めやかなことか！　ならば君は誰も愛さなかったのか？　いや、
私は知っている、
偉大なるアモン[28]は君の臥所の友であった！　ナイル川のほとりで君と寝たのだ！

泥の中の河馬たちは唸《うな》った。彼がシリアの楓子香《ガルバヌム》の香りをさせて、
甘松香《かんしょうこう》と立麝香草《タイム》の香を塗って来るのを見た時。

銀の帆を張った背の高いガレー船さながらに、彼は川岸を進んで来た。
美の鎧《よろい》をまとい、大股に水を渡ると、水は自《おのず》から下がった。
大股に沙漠の砂を渡り、君のいる谷間に着いた。
夜明けまで待ち、それから、君の黒い乳房に手を触れた。
君は焔の口で彼の口に接吻し、角の生えた神をわがものとした。

彼の玉座に乗って、そのうしろに立った。秘密の名で彼を呼んだ。
彼の洞窟の如き耳に奇怪なる神託をささやいた。
山羊《やぎ》の血と去勢牛の血をもって、彼に奇怪なる奇蹟を教えた。
白きアモンは君の臥所の友であった！　君の閨房《ねや》は蒸気《いきれ》立つナイルであった！
そして君は弓形《ゆみなり》の古風な微笑《えみ》を浮かべて、彼の情欲が来てはまた去るのを見守った。

28　エジプトの神。ゼウス（ユピテル）と同一視される。

彼の額はシリアの油に輝いていた。大理石の手肢《てあし》は真昼の天幕の如く広がり、
月を青ざめさせ、太陽にさらなる光を貸した。

彼の長い髪は九キュービット[29]の長さに及び、その色は
商人が衣の縁《へり》に隠してクルディスタンから持ち来《きた》る、あの黄色い宝石のよう。

彼の顔は新搾《あらしぼ》りの葡萄酒の樽に入っている葡萄汁のようだった。
彼の眼の非の打ちどころない紺碧《こんぺき》を、海もこの上青くすることは出来ず、

厚く柔らかい喉は乳のように白く、青い血管《すじ》が浮いていた。
流れる絹の衣には、凍った露さながらの珍らかな真珠が縫いつけてあった。

彼は真珠と斑岩《はんがん》の台に乗って、目も眩《くら》むばかりに輝いていた。
象牙の胸に、素晴らしい大海のエメラルドが輝いていたから。

月光に照らされたその神秘な宝石は、コルキス[30]の洞窟の海女《あま》が
暗い波の下で見つけ、コルキスの魔女[31]のもとへ持って来たもの。

彼の黄金の小船の前を、常春藤《きづた》の花輪を冠った裸身の神官たち[32]《コリュバンテス》が走り、
ゆらゆらと身体を揺らす象の列が、彼の二輪車《くるま》を引くために跪《ひざまず》いた。

---

29 古代の長さの単位。肘から指先までの長さをいう。
30 黒海の東海岸にあった国。ギリシア神話のアルゴ号に乗った英雄たちは、この国へ金羊毛を取りに行く。
31 メデイアのこと。コルキスの王の娘で魔法使い。イアソンが金羊毛を取りに行くのを助ける。イアソンの不実を憎み、彼との間に産んだ子供たちを殺して復讐する。
32 キュベレ女神に仕える神官。騒がしい音楽と乱舞によって秘法を行った。

膚《はだえ》黒きヌビア人の行列が彼の輿《こし》を担ぎ、
左右から孔雀の羽の扇で煽《あお》がれながら、彼は御影石《みかげいし》を敷きつめた大路《おおじ》を行った。

商人たちは色塗りの船で、シドンから凍石《とうせき》を持ち来《きた》った。

彼の唇《くち》に触れたもっとも粗末な杯も、貴橄欖石《きかんらんせき》でつくられたものだった。

商人たちが持ち来った杉の櫃《ひつ》は紐に巻かれ、中には豪奢な服が入っていた。

メムピス[33]の首長たちが彼の裳裾《もすそ》を持った。若い王たちは喜んで彼の客となった。

剃髪《ていはつ》した千人の僧が昼夜アモンの祭壇に礼拝し、
千の灯火が、彫刻を施したアモンの館《やかた》に光を揺らした——されど、今は
汚ない蛇と子を持つ斑《まだら》の蝮《まむし》が、石から石へ這いまわる。
館は荒れ果て、大いなる薔薇色の大理石の一本石はうつ伏しているからだ！

野生の驢馬《ろば》や足の速いジャッカルが来て、朽ちゆく門のうちにしゃがみ、
野生の雉《きじ》は、地面に倒れている溝《みぞ》の入った円筒形壁ごしに伴侶《つま》に呼びかける。

青い顔したホルス[34]の猿が瓦礫《がれき》の山に腰かけ、
きゃっきゃと啼《な》き、無花果《いちじく》の木が列柱を裂く。

33 カイロの南にあった古代エジプトの町。
34 エジプトの神。イシスとオシリスの子。隼《はやぶさ》の頭をした姿で描かれる。

神はここかしこに散らばり、風に吹かれる砂に深く隠されている。
私は見た。彼の巨大な御影石の手が、やるせない絶望にかられて今も拳《こぶし》を握りしめているのを。

さすらいゆく数多《あまた》の隊商、絹の肩掛けをした堂々たる黒人の隊商が
沙漠を越える時、何人《なんぴと》も両腕で抱え込めぬ頸《くび》の前に留《とど》まって、驚き呆《あき》れる。
鬚《ひげ》生《は》やした数多のベドウィンが、黄色い縞の入った外衣の頭巾を引き上げ、
汝の勇士たりし神の巨大な筋肉をまじまじと見つめる。

行け、彼の切れ端を曠野に求め、それらを夕《ゆうべ》の露に洗って、
破片から、切り刻まれた汝の情人を新たにつくるが良い！

行け、それらの一つびとつが横たわる場所を探して、切れぎれの破片から
傷つけられた汝の臥所の友をつくれ！　無感覚な石のうちに激しい情欲を目醒めさせよ！

シリアの讃歌で彼の鈍い耳を魅せよ！　彼は君の肉体《からだ》を愛したのだ！　おお、いたわってやれ。

彼の髪に甘松香を注ぎ、四肢《てあし》に柔らかな亜麻布を巻きつけよ！

人の像《すがた》の刻まれた硬貨をその頭に巻け！　青ざめた唇を赤い果実で染めよ！

縮んだ臀《いしき》を被う紫衣《しい》を織れ！　不毛な腰を被う紫衣を！

エジプトへ去れ！　懼《おそ》れるな。神はただ一人しか死んだことはない。
ただ一人の神のみが、兵士の槍に脇腹を傷つけられた。

これら汝の恋人たちは死んではいない。今も百キューピットの門のそばに
犬の顔したアヌビス[35]は汝の頭を飾るべく睡蓮の花を持って、堂々と坐っている。

痩せさらばえたメムノン[36]は、今も斑岩《はんがん》の椅子から目蓋《まぶた》なき目を凝《こ》らし、
空虚な土地を見渡して、黄色い朝が訪れるたびに汝に呼びかける。

角《つの》の折れたニルス[37]は黒いどろどろした河床に横たわり、
汝が来るまで、枯れなんとする麦の上に水を広げようとはしない。

君の恋人たちは死にはせぬ。かれらは起き上がり、君の声を聞くや、
シンバルを叩いて喜び、君の口に接吻《くちづけ》ようと走って来るだろう！　されば、

君の商船の帆を張れ！　黒檀の車に馬を繋《つな》げ！
君のナイルへ戻るが良い！　もしも死せる神々に飽いたならば、
彷徨《さまよ》う獅子の臭跡《におい》を追って、銅色《あかがねいろ》の平野を横切り、
手を伸ばして、鬣《たてがみ》をむずと引き、情人になれと命ぜよ！

草の上に添寝して、彼の喉に白い歯を立て、
彼の臨終《いまわ》の声を聞きながら、磨き上げた真鍮《しんちゅう》のような君の長い脇腹を打ち振れ。
虎を君の伴侶《つれあい》とせよ。琥珀の脇腹に黒い縞の入った虎の

35　エジプトの神。死者の魂を冥府の法廷へ連れて行く。
36　エチオピアの王。曙の女神エオスの息子。トロイア戦争に出征してプリアモス王を助けるが、アキレスに殺される。曙の女神はこれを悲しみ、毎朝彼のために泣いた。そのため、テーベにあったメムノンの巨像は朝日を浴びると声を立てたという。
37　ナイル川の神。

黄金色の背に乗って、誇らしくテーベの門をくぐり、
淫らに戯れて彼を弄《もてあそ》び、彼がふり向いて、唸《うな》り、咬《か》もうとしたなら、
おお、碧玉《へきぎょく》の爪で彼を打て！　瑪瑙《めのう》の乳房で彼を搗《つ》き砕け！

何をぐずぐずしているのだ？　立ち去れ！　私は君の不機嫌な態度に飽いた。
じっと見つめる君の眼差《まなざ》しに、眠りを誘う君の華麗さに飽いた。

君の恐ろしい重い吐息《といき》にランプの光は揺らぎ、
わが額に、夜と死の湿《しめ》り気《け》と恐ろしき露を感ずる。

君の両眼は澱《よど》んだ湖に顫える夢幻《ゆめ》のような月に似て、
君の舌は夢幻《ゆめ》のような調べに合わせて踊る緋色の蛇に似ている。

君の胸の鼓動は毒々しき旋律を為《な》し、君の黒い喉は
松明《たいまつ》か、燃える石炭がサラセンの綴織《つづれお》りに空《あ》けた穴のようだ。

行け！　硫黄《いおう》の色をした星々は西空の門を越えようと急いでいる！
行け！　さもなくば、星々の黙せる銀の車に乗り遅れよう！

見よ！　黄金の文字盤のある灰色の塔のまわりに暁は顫え、雨が
一つひとつの金剛石《ダイヤモンド》の窓を伝《つた》い落ちて、生白い太陽を涙に滲《にじ》ませる。

地獄から来たばかりの如何なる復讐の女神[38]が、蛇の髪の毛を生やし、粗野な穢《けが》らわ
しい仕草をして、
罌粟《けし》に微睡《まどろ》む女王[39]のもとより忍び出《い》で、君を学生の部屋へ連れて来たのか？

歌も歌わず、言葉もない如何なる罪の亡霊が、夜の帷《とばり》の中を忍び寄って、
わが蠟燭《ろうそく》が明々と燃えるのを見、扉を叩いて、君に入れと命じたのか？

私よりも呪われた者、癩で私より白くなった者[40]はほかにいないのか？
君が渇きを癒《いや》しにここへ来るとは、アバナとパルパル[41]は涸《ひ》上《あ》がったのか？

ここから去れ、厭《いと》わしき神秘よ！　醜い獣よ、ここを去れ！
君は私のうちにあらゆる獣心を目醒ませ、私を自分がなりたくないものにする。

38　ギリシア語でエリュニュエス、エウメニデス、ラテン語でフリアエと呼ばれる復讐の女神。
39　ペルセポネ（プロセルピナ）のこと。大地の女神デメテルの娘。ハデスにさらわれ、冥界の女王となる。
40　旧約聖書「列王記」下に登場するナアマンへの言及。ナアマンはスリヤ王の軍勢の長だったが、病を得てイスラエルの預言者エリシャのもとを訪ねる。エリシャはヨルダンへ行って七度身体を洗えば、病は治ると言う。
41　共にダマスコの聖なる川。「列王記」下第五章十二節参照。

君は私の信条を不毛の贋物《まがいもの》にし、肉欲生活の穢《けが》れた夢を目醒ませる。
血まみれのナイフを持つアティス[42]の方が、こんな私よりはましだった。

不実なるスフィンクスよ！　不実なるスフィンクスよ！　葦の茂るステュクス河の
ほとりで、
老いたカロン[43]が櫂《かい》に凭《もた》れ、私の渡し賃を待っている。君は先に行け。私をわが磔刑《たっけい》
像《ぞう》の下に残して行け。

そこに架けられた青ざめた人は苦痛《くるしみ》に倦《う》み、疲れた眼で世間を見、
滅びゆく一つびとつの魂のために泣き、一つびとつの魂のために空《むな》しくも泣く。

42 プリュギアの羊飼い。女神キュベレに愛されて神殿をまかされる。彼は女と交わらぬことを女神に誓うが、ニンフのサンガリスを愛して誓いを破ったため、女神の罰をうけて狂乱し、鋭い石で自分の陽物を切り落とす。

43 冥府の川ステュクス川の渡し守。

付録

以下に収録するのは、ワイルドの親友だった閨秀作家《けいしゅうさっか》エイダ・レヴァーソンの初期作品三篇（パロディー一篇、小説二篇）と晩年の「回想」です。

俗に、男女の間に友情は存在しないなどと言いますが、ワイルドとレヴァーソンとの関係は、その反証として挙げられる恰好の例でありましょう。くわしくは解説を御覧下さい。

お転婆《ミンクス》

——散文詩——

ER
after CR

詩人「お目にかかれて光栄です。このたびは御経歴について一つ二つおうかがいしたかっただけです。さぞや興味深い人生を送って来られたことでしょうから」

スフィンクス「あなた方は何でも根掘り葉掘り訊《き》きたがって、慎しみというものがおありでないから、昔から、会見を受けるのは慎重に避けていましたの。でも、どうぞお続けになって」

詩人「神聖文字はお読みになれるでしょうね?」

スフィンクス「ええ、それはスラスラとね。でも、あんなもの読みやしません。面白いことはひとつも書いてないんですのよ」

詩人「もちろん、ヒッポグリフやバシリスコスとお話しなさったことがおありでしょう?」

スフィンクス「(慎ましく)たしかに、昔は立派なお友達がいました。わたしにも『良い時代』がありましたの」

詩人「トートと話をなさったことはありますか?」

スフィンクス「(ツンとして)とんでもない!(口真似して)トートってひとは、ちゃんとした人じゃございませんのでね。あんな人に紹介されるのは御免ですわ」

詩人「随分慎重でいらっしゃったんですね?」

スフィンクス「気をつけませんと、世間は本当に口うるさいですから」

詩人「いかがでしょう、ひとつ歌を歌っていただけませんか——たとえば、『ハドリアヌスの黄金の艀《はしけ》』とか」

スフィンクス「ごめんなさい、わたし、声がよくないの。それはそうと、おっしゃる『黄金の艀』は、ただの汚い平底船でしたのよ。ヘンリー・レガッタ[1]に出したら、全然見られたものじゃありませんわ」

詩人「おやおや、さようですか! ピラミッドの間でゴルフをなさったというのは本当ですか?」

スフィンクス「(強調して)とんでもない。ほんとに、世間は馬鹿げた噂をするものね!」

詩人「(当たり障《さわ》りなく)まったくです。テュロスの神についてのあの話はいかがです」

スフィンクス　「ただの噂です。根も葉もないことですわ」

詩人　「それではアピスは？」

スフィンクス　「ああ、あの人はわたしに花を贈ってくれて、社交界の新聞に記事が――神聖文字で――載りました。それだけ。でも、あの記事にはあとで反論が出たんです」

詩人　「アモンのことはよく御存知だったでしょうね？」

スフィンクス　「（率直に）アモンとは大の仲良しでした。以前《まえ》はよく会いました。始終お茶を飲みに来て――面白い人だったわ。でも、もう長いこと会っていません。あの人には一つ欠点があって――客間で煙草を吸うのをやめないんです。わたしはあんまりやかまし屋の方ではないと思いますけど、あれだけは許せませんでしたの」

1　テムズ川上流のヘンリー・オン・テムズからフィリスまでの水路で、毎年七月に行われるボートレースの大会。

詩人「みんな、会いたがっていることでしょう！　冬にエジプトへ行って来られてはいかがです？」

スフィンクス「カイロのホテルはとんでもなく高価《たか》いんですもの」

詩人「アントニウスと鮪《まぐろ》を釣りに行かれたというのは本当ですか？」

スフィンクス「まあ、際限《きり》のないことね。どこかで線を引かなければいけないわ！　――あの時は、クレオパトラが随分おかんむりでした。あの人、すごい焼餅やきで、あなたがたが思うほど美人ではなかったの。でも、『エジプト美人』の典型として写真に撮《と》られましたけど」

詩人「御丁寧に質問にお答えいただき、まことに有難うございます。ここで、ひとつ所感を申し上げてもよろしいでしょうか？　わたしの思いますに、あなたは全然スフィンクスではありませんな」

スフィンクス「なら、何だというの？」

詩人「お転婆《ミンクス》ですよ」

思わせぶり

もしもウィンスロップ夫人が僕のことを「あの我慢のならない、女みたいな子」と言わなかったら、僕の父と結婚するチャンスがあったかもしれない。彼女は中年の未亡人だった。平凡な女で、偉《えら》そうにするのが好きで、家事が驚くほど上手だった。真剣に打ち込んでいる仕事は他人《ひと》の家を訪ねて行くことで、くつろいだ時は有名人の自筆原稿を集めていた。奥さんには向いていて、まったく鼻持ならない女だったが、僕のことを言ったあの不幸な言葉が、いわばとどめを刺したのだった。きっと、父さんが満更《まんざら》でもなさそうなそぶりを見せたんだろう。ウィンスロップ夫人は変な時刻に訪ねて来るようになって、姉のマージョリーにいきなり思いがけない質問をしたり、全体に厚かましくなって来たのだ。彼女の助言が家の切り盛りのことで父さんの役に立ったという話もあり、去年、父さんが娘の学校友達である二十歳《はたち》の美しいお嬢さんと結婚した時は、マージョリーと僕以外、誰もがびっくりした。

じつを言うと、すべては思わせぶりによって仕組まれたのである。父さんがローラ・エジャートンに脈があることを初めて知った、あの夏の晩を、僕はけして忘れないだろう。父さんは総勢十八人のささやかな晩餐会を開いていた。マージョリーの勘違いで（じつは僕の思いつきだ）、ウィンスロップ夫人が招待状を受けとったのは、ぎりぎり間際《まぎわ》になってからだった。もちろん、彼女は招待を受けた——受けることはわかっていたが——晩餐会とは知らなかったので、夜会服を着ないで来てしまった。普通の女性にとってこんな手違い《コントルタン》ほど辛《つら》いものはない。それにウィンスロップ夫人は、そういう状況をものともせずに、笑ってすましていられる人ではなかった。今でも目に浮かぶけれど、彼女は格子縞のブラウスを着て、ひどく御機嫌斜めで、精神的にも肉体的にも、この上なく見苦しいところを見せた。一方、マージョリーは水色の仏蘭西縮緬《クレープ・ド・シーヌ》を着て一晩中謝《あやま》りつづけ、黄色い服を着たローラは藤色の蘭《らん》の花をつけて——素晴らしいコントラストだ——父さんの向かい側に坐り、少し緊張した様子だったが、それがじつに魅力的だった。不思議なことに、こういう場合には些細《ささい》な点が影響するものである。じつは僕が名を告げずに、ローラに蘭を贈ったのだった。彼女がそれを父からの贈り物だと思ったとしても、僕にはどうしようもない。それに、僕は父が秘《ひそ》かに彼女を思っていることを仄《ほの》めかして、彼女にヴェルレーヌ[1]の本を貸した。父さんの書斎で見つけたのだと言って、彼女が好きな詩のページを開いた。ローラは僕と同じで、芸術家的な気性なんだ。教養があり、少しロマンティックで、彼方《オー・ドゥラ》にあるものを探し求めている。僕の父は時々――僕にはけしてそんなところは見せないが――素敵な立居振舞をすることがある。それにまだハンサムだし、好きなことをやりすぎたおかげで、苦労人みたいな顔つきをしている。その晩の父の様子は、まるで憂鬱な人間がほがらかなふりをしているかのようだった。それは息子が見ていても楽しかったし、彼女の心に訴えたようだ。そう、不思議に思われるかもしれないが、可愛らしいエジャートン嬢は金目当てでカリントンと結婚したと世間では言うけれども、彼女は本気で父に恋し、あるいは自分が恋していると思い込んだんだ。可哀想な娘《こ》だ！　父が私生活ではどんなに人を苛々《いらいら》させる、気の短い、浮わついた人間か知らなかったのだ。僕は時々良心の苛責《かしゃく》をおぼえる。

結婚式が済んで二週間も経つと、父さんは結婚したことを忘れてしまい、ローラをまたマージョリーの友達として、一種上《うわ》の空の慇懃《いんぎん》さで扱うか、まったく無視するのだった。時々、彼女が妻であることを思い出すと、家事についておざなりな叱言《こごと》を言ってみたりした。じつは今でもマージョリーが家事をしているのを知らないからだ。

ローラは叱られても天使のように我慢している。じつをいうと、彼女としては、少しでも実際の手間ひまをかけるより、父さんに好きなだけ言わせておく方が楽なのだ。けれども、彼女は敏感だ。父さんが早々《はやばや》と独身の時の習慣に戻って、礼拝堂[2]の向かいの小さな家に住んでいる昔馴染みのところへ通いはじめると、すっかり胸を傷《いた》めたようだった。父さんはひどく不注意なので、ローラは手紙を見つけてしまった。これはどういうことですと少し真剣なやりとりがあり、それからしばらく、ローラは鬱《ふさ》ぎ込んでいるようだった。けれども、すぐに元気を出そうとして、マージョリーや僕と一緒にいる時は明るく振舞うこともあるが、きっと幻滅したんだろう。二人はもうけして喧嘩《けんか》をしない。僕らは三人とも、父さんを同じくらい嫌っていると思うが、ローラはけしてそれを認めず、娘のような優しさで行儀良くかしずいている。

僕らは――父さんは違うけれども――パーティーへ行くのが好きで、ローラはマー

1 ポール・ヴェルレーヌ（一八四四～九六）。フランスの詩人。

2 後出のブロンプトン礼拝堂のこと。現在の建物は一八八四年に落成し、英国を代表するカトリック教徒の礼拝堂として有名。

ジョリーにとってじつに良いお目付役だ。二人共、僕を崇《あが》め祀《まつ》っている。「セシルは何でも知ってるわ」と始終言って、何をするにも——帽子を選ぶにも——僕の意見を聞くのだ。

僕はイートン[3]をやめて以来、家庭教師について勉強しているたてまえだが、実際にはたっぷり暇《ひま》があって、彼女たちの役に立てるのは嬉しい。ちなみに、僕は彼女たちを自慢に思っているんだ。二人は中々素敵な好一対だ。マージョリーは公園や川岸でよく見かける類《たぐい》の、さわやかな薔薇色の可愛らしさを持っている。背が高く、平底船の棹《さお》みたいにすらりとしていて、服装にあまり気をつかわない時は、「婦人画報《レイディーズ・ピクトリアル》」[4]に載っているピロテル[5]の絵みたいに見える。彼女は実際家で、活発で、乗馬をし、ドライヴをし、ダンスをする。スケートもするし、「百貨店《ストア》」という謎めいた場所へもよく行くし、それなりに現代的なイギリス女性なのだ。

ローラは俗物たちが称讃《たた》えてやまない異国的な美しさを持っている。夢見るような黒い瞳と抜けるように白い肌。音楽や詩や絵が好きで、人から大袈裟《おおげさ》に讃《ほ》め上げられるのが好きだ。頭の体操は病的なほど好きなのに、肉体《からだ》を使う運動は嫌いで、髪の毛を振る以外に運動などしたことがない。時々退屈そうな顔をするし、ため息をつくのを聞いたこともある。

「シシー」マージョリーがある日僕の書斎へやって来て、言った。「ローラのことで話したいの」

「君も良心の苛責をおぼえるの？」僕はそう言って、煙草に火を点けた。

「ええ、わたしたち、大きな責任を負ったのよ。可哀想な人！　ああ、パパを何とかできないかしら――」

「無理だよ」と僕は言った。「父さんは誰の言うことも聞かないよ。僕のことだって嫌ってるんだ。あの人が少しでも礼節というものをわきまえていれば、僕が母さんそっくりの青い眼で見るたびに、湧き出る涙を拭《ぬぐ》うはずなんだけどね」

僕の母親は大変な美人だった。僕は彼女に生き写しと言われている。

「ローラは人生に何の目的もないの」とマージョリーが言った。「わたしにはあるわ。

3　英国の有名な寄宿学校の一つ。
4　一八九一年に発刊された婦人向け雑誌。
5　ジョルジュ・ラウール・ウージェーヌ・ピロテル（一八四五～一九一八）。フランス人の挿絵画家。

女の子にはみんなあるはずよ。それはそうと、シシー、チャーリー・ウィンスロップは本気みたいよ」

「そいつは良《い》い！　嬉しいな！　父さんの面倒を見るのは、この前の社交季節《シーズン》で終わりにしたからね」

「ほんとに、あの人と結婚しなきゃいけない、シシー？　あの人、退屈よ」

「それがどうしたっていうのさ？　結婚しなきゃ駄目だよ。君は美人じゃないんだから、これ以上のチャンスがあるとは思えないよ」

マージョリーは立ち上がって、書き物机の向かいにある長い窓間鏡《まどあいかがみ》に姿を映して見た。僕は並んで立ちたい誘惑に克《か》てなかった。

「わたし、今もてはやされるタイプなのよ」とマージョリーは冷静に言った。

「僕もそうさ」僕は物を思いながら言った。「でも、君はすぐ流行遅れになるよ」

僕は奇妙なほど母さんに似ているとみんなが言う。母さんの顔はめったに見られない完全な卵形だった。繊細な目鼻立ちで、薔薇の蕾《つぼみ》のような唇、柔らかい亜麻色の髪をしていた。色白だが、のっぺりしてはいなかった。青い眼は黒い睫毛《まつげ》に縁取《ふちど》られ、その眼の気怠《けだる》げな深みから、かすかな嘲《あざけ》りの色が覗《のぞ》いていたからである。僕は母さんに対して、奇妙な、観念的な崇拝の念を抱いている。彼女は僕がうんと幼い時——生後二ヵ月の時に——亡くなった。僕はよく鏡の中の自分を見ながら、何時間も母さんのことを考える。

「雲の間から下りて来てちょうだい」僕が夢想に沈んでいたので、マージョリーが焦《じ》れったそうに言った。「わたし、あなたに考えてもらいたくて来たのよ。何かローラが面白がるような——興味を持つようなことを」

「何かして彼女に償《つぐな》いをしなきゃいけないね。君、何かやってみた？」

「手相占いを勧めてみたの。でも、ウィルキンソン夫人はあの人の嫌がることばっかり予言して、すごく落ち込ませちゃったの」

「彼女が本当に一番必要としているのは何だと思う？」と僕はたずねた。

二人の目が合った。

「本当に、シシー、あなたって恥知らずだわ」とマージョリーは言った。二人はちょっと黙り込んだ。

「それじゃ、わたしはチャーリーの申し込みを受けるべきなのかしら？」

「もっと好きな男がいるのかい？」

「あなた、何を言ってるの」マージョリーは赤くなった。

「僕としてはね、エイドリアン・グラントは君よりローラと馬が合うだろうと思ったんだ。さっき彼から手紙が来てね、今日、アトリエへお茶を飲みに来いっていうんだよ」僕は手紙を彼女に投げ渡した。「君たち二人を連れて来いっていうんだ。ローラは喜ぶかしら？」

「まあ」マージョリーは夢中になって言った。「もちろん、行くわ。彼はわたしのことをどう思ってるのかしら」と切なげに言い添えた。

「何も言わなかったよ。ローラに『三色菫《さんしょくすみれ》とヘリオトロープ』っていう詩を贈るそうだよ」

彼女は嘆息《ためいき》をついて、言った。「父さん、今日もこぼしてたわよ、あなたが怠《なま》けてるって」

「怠けてる！　とんでもない。ローラの閨房《へや》で香炉を振ってたんだよ。彼女が宗教的な性格を育《はぐく》みたいっていうもんだからね。それに、君がクライヴ家の仮装舞踏会に着て行くドレスをデザインしたんだ」

「そのデザインはどこにあるの？」

「僕の頭の中さ。白いドレスは着て行っちゃいけないよ。クライヴ嬢は白を着るからね」

「どうして彼女と結婚しないの」とマージョリーは言った。「あなた、彼女が大好きなのに」

「僕は一生結婚しない。それに、彼女は可愛いけど、ああいうコソコソしたスレイド校[6]式の態度は、神経に障《さわ》るんだ。僕がどれだけ神経で苦しむか、知らないだろう」

マージョリーはそのあともしばらくグズグズして、誕生日の贈り物に何をもらったら良いか、知恵を貸してくれと言った——アメリカ製のオルガンと、黒いプードル犬と、ブラウニングの豪華版の中から選べというのだ。僕はブラウニングが一番やかましくないから良いだろうと勧めた。それから、言った——君はエイドリアンが好きらしいけれども、気立てが良いから、ローラの未来に干渉したりはしないだろうね、と。あなたはわがままだわと言って、マージョリーは諦《あきら》めの微笑を浮かべながら、部屋を出て行った。

6　一八七二年に創立されたスレイド美術学校。早くから女性に門戸を開いたことで知られる。

僕はまた読書をつづけた。この前の誕生日に——僕は十七《じゅうしち》歳になった——父さんが——この人も時々さりげないユーモアを示すのだ——『ロビンソン・クルーソー』をくれたのだ！　僕はピエール・ロティ[7]の方が好きだし、縞瑪瑙《しまめのう》を敷きつめた浴室をつくって、寝室には青い縞の入った緑のカーテンを掛け、そのカーテンを透《す》かして仄《ほの》かな杏子色《あんずいろ》の光が射して来るようにしようと思っている。マージョリーを結婚させて、ローラをもっと——落ち着かせたら、さっそくに。

エイドリアン・グラントと初めて会ったのは、クライヴ家の昼食会でだった。彼は僕を気に入ったらしい。うちへ遊びに来たが、たちまち僕の継母《ままはは》にぞっこん惚《ほ》れ込んでしまった。エイドリアンは感じやすい印象派とでも言おうか。背が高く、品《ひん》があって、美男子で、じつに面白い愉快なやつだ。彼が魅力的であることは誰もが認めていて、たいそう人気があるけれども、たいそう嫌われている。彼は画家志望だ。自分の金が少しあって——電報を打つには足りるが、ボタン穴に挿《さ》す花を買うには足りない。この男が結婚するくらい不似合いなことはない。マージョリーがこれほど熱を上げるのは初めて見たが、彼女は僕に忠実な良い子だから、チャーリー・ウィンスロップの申し込みを受けるだろう。チャーリーは立派な人物で、気立てが良くて、馬鹿みたいに金持ちだ――義理の兄にするにはうってつけだ。僕の旧敵《きゅうてき》ウィンスロップ夫人は怒るだろう――チャーリーは夫人の甥で、夫人は可愛いクライヴ嬢と結婚させたがっているのだ。ドロシー・クライヴにも欠点はあるけれども――彼女を公平に評して言えば――チャーリー・ウィンスロップとでは幸せになれないだろう。

エイドリアンの豪華なアトリエは、中世の聖者の静かな庵《いおり》であると同時に、現代の異教徒の贅沢な住居《すまい》でもあるといった複雑な印象を与える。そこではどんなこともできそうな気がする。祈ることから女と戯れることまで何でも――絵を描《か》くこと以外なら。お茶会は楽しかった。僕は日焼けしたあるお客の話を傾聴するふりをしていた。その客は、〝新しいユーモア〟など可笑《おか》しくないとか、ブールジェ[8]は女性を理解しているとか、さんざん言い古されたくだらない文学話をしていたが、そのうち、こんな話し声がふと耳に入った。

7 フランスの作家（一八五〇～一九二三）。海軍士官として訪れた世界各国を舞台に、小説やエッセイを書いた。「氷島の漁夫」「東洋の幻影」「お菊さん」などの作品がある。

8 ポール・ブールジェ（一八五二～一九三五）。フランスの作家。

「でも、社交界はお好きじゃないんですか？」とエイドリアンが言っていた。

「少し飽きてしまいましたの。世の中の人は良く似ているんですもの。みんな同じことを言うんです」とローラが言った。

「もちろん、あなたに対しては、誰でも同じことを言うでしょう」エイドリアンはそうささやいて、少し風変わりな、古い銀の磔刑像《たっけいぞう》を指《さ》し示すふりをした。

「それも」とローラは言った。「みんなが言うことの一つですわ」

＊　＊　＊　＊

それから三週間ほどのちに、僕はロンドンでお気に入りの二軒のレストランの一つで、エイドリアンと食事をしていた。（料理はもう一軒の方が佳《よ》いのだが、こちらの方が上品なのだ。）僕はボタン穴に鈴蘭の花を挿し、エイドリアンは赤いカーネーションをつけていた。何人かの客がこちらをチラチラ見た。もちろん、彼は社交界で有名なのだ。それに、僕だって結構素敵に見えたはずで、エイドリアンがぼんやりと僕の頭の上を見つめている時、笠を被《かぶ》せた蠟燭が、この世の奇蹟のような僕の顔を、もっと鮮やかな薔薇色に染めてくれないかと思わずにはいられなかった。

エイドリアンはもちろん魅力的だったけれども、悩みがあって、心が少しお留守になっているらしく、シャンパンをたくさん飲んだ。

夕食の終わる頃、彼は言った——彼にしては唐突に——「カリントン」「セシルと言ってよ」僕は口を挟《はさ》んだ。彼はニッコリ微笑《わら》った。「シシー……君にこんなことを言うのも変だがね、君は若いけれど、何でも知ってるような気がするんだ。きっと、そうだ。僕のこともわかってるよね。僕は恋をしている。ほんとに惨《みじ》めなんだ。一体、どうすれば良《い》いんだろう！」彼はまたシャンパンを飲んだ。「どうすれば良いか、教えてくれ」しばらくの間、僕たちはあの果てしなく長い陳腐な間奏曲《インテルメッツォ》に耳を傾けていた。僕はその間に自問した。一体どういう妙なめぐり合わせで、エイドリアンにこんな相談をうける羽目になってしまったのだろう、と。

ローラは父さんと一緒になって幸せではない。マージョリーと僕が自分勝手な動機で、とんでもない結婚のお膳立てをしたのだ。あの日も、父さんはじつに不愉快な態度で、おまえの好きな煙草をわたしも買いたいから、小遣《こづか》いを上げてくれとつまらない皮肉を言った。もしもエイドリアンが自由の身なら、マージョリーはチャーリー・

ウィンスロップの求婚を断わるかもしれない。僕は断わって欲しくない。エイドリアンは僕を友達扱いしてくれた。僕は彼が好きだ——すごく好きだ。ぞっこんなんだ。それに、この自責の念を、可哀想な美しいローラに償いをしなければならないという気持ちを、どうしたら拭い去ることができるだろう？

僕らはいろいろなことを話した。席を立つ直前、僕はまるで関係のない話を持ち出すかのように、言った。

「エイドリアン、カリントン夫人はね——」

「何だい？　言ってくれ、シシー」

「彼女はね、最初は想像力に訴えなきゃいけないタイプなんだ。うちの父さんと結婚したのは、父さんが孤独で誤解されていると思ったからなんだよ」

「僕だって孤独で、誤解されているよ」エイドリアンは喜びに目を輝かせて言った。

「二度は通用しないよ！　彼女、今はそういうのが嫌いなんだ」

僕はコーヒーをゆっくり飲み終えてから、言った。

「クライヴ家の仮装舞踏会に、トリスタンの扮装《かっこう》をして行きなよ」

エイドリアンは僕の手を握りしめた……

僕らはレストランの入口で別れ、僕は馬車で家に向かった。涼しい四月の夜風にあたって、あれこれと物を思いながら。ふと母さんのことを考えた——美しい、きよらかな母さん、生きていれば、またとない献身的な愛情で僕を愛してくれたに違いない。母さんがこのことを知ったら、何と言うだろう？　どう思うだろう？　僕はなぜか猛烈な反動に襲われた。おそろしく真面目な人間になったような気がした。父さん！　何といっても、あの人は僕の父さんなのだ。僕はひどく迷った。今すぐエイドリアンのところへ戻ろうか——戻って、ローラには二度と会わないでくれと頼み込もうか！　僕なら説得できると思った。僕の姿形には人を魅する力があるから、その気になれば、できる。僕は鏡を一目のぞいてから、ステッキを取って、馬車を止めた。決心したのだ。エイドリアンの部屋へ行くよう御者に命じた。

　馬車は急に向きを変えた。次の瞬間、一台の四輪馬車《ブルーアム》が目の前を通り過ぎた——見憶えのある速い小さな四輪馬車だ。その車は速度を落とし——止まった——僕らの馬車が前を通った——父さんの姿が見えた。父さんはブロンプトン礼拝堂の向かいにあ

9　中世の恋愛物語に登場する騎士。王妃イゾルデ（イズー）と道ならぬ恋をする。

る小さい家の前で、馬車を下りたのだ。

「やっぱり引き返してくれ」僕は大声で御者に言った。馬車はまっすぐ家に向かった。

悲しみを求めて

一

僕のような性格の人間にしては、ちょっと奇妙なことだが、僕は十八歳《じゅうはち》になるまで人生の空白に気づかなかった。その時になってやっと、ある美しい素敵な経験をしていないことを知ったのだ。

僕は嘆きというものを知らなかった。悲しみは僕を避け、苦痛は僕に手を触れなかった。不幸だという感覚を想像することさえできなかった。それで、この経験をしてみたいという欲求が心のうちに起こったのだ。それなくしては、自分が完全でないような気がしたからだ。僕は惨めになり、絶望したかった――厭世家《えんせいか》になりたかった！　〝不安〟という身を噛《か》む狐を胸に感じたくてたまらなかった。友達に（かれらの多くは一度や二度、多少の傷心《しょうしん》を味わったことがある）同情のこもった顔で手を握ってもらいたかったし、僕が悩んでいることを話題にしないように、気を遣《つか》ってもらいたかった。あるいは、夜中に僕とそのことを蜿蜒《えんえん》と希望もなく話し合ってくれれば、もっと良い。僕は鹹《しおから》い涙に渇《かつ》えていた。〝悲しみ〟を腕に抱き、その蒼ざめた唇を僕の唇に押しつけたかった。

しかし、この願いを叶《かな》えることは案外と難しかった。僕は生まれつき、失敗や落胆を寄せつけない長所に恵まれているからだ。第一に容姿がある。僕の顔が通りすがりの人の目を惹《ひ》かないことはめったにないし（男性として、自分が人を不愉快にする顔形ではないことを認めても、自惚《うぬぼ》れにはならないだろう）、「何て綺麗《きれい》な子なんでしょう！」という驚きの叫びは、幼い頃から現在《いま》に至るまで聞き飽きた言葉である。

経済的な事に関するさもしい気苦労ならば、もしかすると知ることができたかもしれない。父さんは僕に関して病的なほど倹約《けんやく》につとめたからだ。ところが、僕がまだ十七歳の時、伯父が死んで、全財産を遺《のこ》してくれた。それで僕はさっそく父さんの家を出（父さんを公平に評するために言っておくが、父さんは少しも反対しなかった）、今いる部屋を借りると、自分好みに模様変えした。退屈な凡庸さも陳腐な奇抜さも（僕は——あなたもそうではありませんか？——出来合いの異国趣味というやつが嫌いなんだ）断固として排すると同時に、単純にして入念、簡素にして華麗なものにしようと心がけた部屋は、僕の複雑な熱望と途方に暮れた装飾業者の驚くべき忍耐との興味深い結実である。（思うに、室内にあるものが何もかも完全に適切であってはいけない。だから、僕はいささか苦労して、程良《ほどよ》く下品なデザインの大理石の炉棚を据えつけた。）ここでは自分に適した閑暇《かんか》と瞑想の生活を送ることができて、社交的、芸術的な成功も得たが、それが今になって僕の上に暗い影を落としはじめたのだ。

中産階級の若者はしばしば宗教的な懐疑に悩むそうだが、僕にはそれも許されなかった。そういう疑いを持つことができたならば、精神的葛藤を抱き、反抗の感覚を楽しみ、信仰が崩れて灰となった時、悔やし涙を流すこともできるだろう。ところが、僕はお香《こう》のかおりに無感覚ではいられないし、オルガンの音を聞いて感動しない人間は、どこか身体に欠陥《けっかん》があるに違いないと思う。宗教的な儀式や典礼が大好きだし、そのくせ五歳の時から不可知論者だったのだ。どっちみち、そんなことは大したことではないと思っている。従って、この方面では僕にチャンスはない。

惨めになるには、手のとどかないものを欲しがらなければいけない。しかし、時折僕の心や想像力に訴える美しい女性たちに関して言うと、全員が、ただ一人の例外もなく、僕には親切そのものだった。おまけに、こちらとしてはお相手をする時間《ひま》もないし、たぶんその気もない大勢の女性が、返事を書くのに困るような手紙をよこすのだ。机に向かって、「親愛なる貴女《あなた》——残念ですが、僕は本当に忙しすぎるのです」なんていう手紙をどうして書けるものか。

それに、一日に二つくらい約束があって——ひとつは、たとえば公園《パーク》で軽い喜劇の一幕を演じ、自分の部屋で真剣な感情《きもち》になる——言うまでもなく、食事の席では誰かと恋愛遊戯の続きをしなければならないし、ことによるとその晩には、もう飽きてしまった誰かに焼餅をやいて大喧嘩しなければならない——こんな僕が十分多忙な生活をしていることは、これをお読みのあなたもお認めくださるだろう。

志が挫折する苦しみについていろいろ聞いたので、今度はその方面を考えてみた。文学の失敗というのは素敵だろう。僕はロンドン中の劇場支配人に突っ返されたり、野次《やじ》られて上演中止になるほど下手な芝居を書く暇はなかったが、詩ならば時々書いた。詩が没《ぼつ》になるような算段《さんだん》をすれば、失敗した人間の気持ちが少しはわかるかもしれない。そこで、詩を一つ書いてみた。美しい詩だったが、僕が書くのだから仕方がない。それに文学的な評論誌や雑誌には送らなかった。そういうところでは没になるチャンスはないだろうから、大衆しか相手にしない月並で野蛮な雑誌に送ったのだ。僕の詩はきっと理解されず、俗物どもに軽侮《あなど》られる苦痛を味わえるだろうと思って。ここに、そのささやかな詩がある――よろしければ御覧いただきたい。題して、

水泡《みなわ》の花

ヒヤシンスの黄金《こがね》なす釣鐘の青のさなか
(春は悲し、さらに悲しきは刈りたての干草)
君はたしかに最低に劣りて神々し、
白き芥子《けし》か、灰色の貝殻のごとく。
我は喜びて夢む、君が我が物ならむとするを。
愛の贈物と恩寵はこの黄金の日のごとく蒼ざめ、
立葵《たちあおい》はたへリオトロープ萎《すが》れしのちも咲き残る。
(春は悲し、苦きは刈りたての干草)
彷徨《さまよ》へる荒き西風は鹹《しほから》く甘き希望を抱きて

歓喜《よろこび》の紅き薔薇《うばら》もて森の径《こみち》を飾る。

反歌

鳥は歌ひ、朧《おぼろ》なる空の輝きに囀《さへず》る、
アスフォデルはたエグランタインのさなかに、
「春は悲し、されど甘きは刈りたての干草」と。

編集者から何も言って来なかったので、僕は詩が送り返されると期待していた。それには、僕の感情を傷つけるような無知な軽蔑をあらわした手紙が添えてあるだろう。ところが、たまたま例の軽薄な雑誌を手に取ってみたところ、扉に僕の詩が——僕がいつもそうするように、「鈴蘭」と署名されて載っているではないか。その時の驚きを想像していただきたい。もちろん、僕は自分の名前が活字になったのを見る時の興奮を抑えることができなかった。そして家に帰ると、一通の手紙が来ていて、現代詩の一派の面白いパロディーをお寄せ下すって感謝する、とあり——十ポンド六シリング同封してあった。

パロディーとは！　大まじめで書いたのに！

どうやら文学的挫折は僕向きでないらしい。やっぱり、僕に一番必要なのは心の問題、愛の失望、報われぬ愛情だ。しかし、そういうものはなぜか、けして僕に寄りつかないようだった。

ある朝、召使いのコリンズと一緒に身支度の仕上げにかかっていると、友達のフレディー・トンプソンとクロード・ド・ヴァーニーが部屋に入って来た。

この二人は学校の仲間で、僕はどちらも好きだが、理由はそれぞれ違う。フレディーは陸軍に入っている。二十二歳で、ぶっきら棒で、俗語をよく使い、心優しく、僕を熱愛している。ド・ヴァーニーはこの話にはまったく関係ないけれども、ついでに申し上げておくと、薔薇色の頬と、宝石の蒐集《しゅうしゅう》と、以前モルヒネをやっていたという噂と、享楽主義と、素人芝居と、異常な怒りっぽさで知られていた。彼が何に対して腹を立てるかは見当もつかないのだ。しょっちゅう傷ついて、こんな文句で始まる手紙を書く。「親愛なるカリントン様」または「親愛なる貴方」——（ふだんは僕をセシルと呼んでいるのに）「貴君の家ではさような習慣なのでしょうが、紳士が貴君のテーブルについて食事をする時」云々。

僕は少しも相手にしない。すると、そのうち向こうから謝って来るのだ。彼は年中僕に赦《ゆる》しを乞い、年中感謝しているけれども、僕は彼が怒ったり、有難がったりするようなことを何一つしていない。

「やあ、君」フレディーは大声で言った。「何だか浮かない顔をしてるな。口がへの字に曲がってるぜ。どうしたい？」

「〝悲しみ〟に恋してるんだ」僕は嘆息《ためいき》をついて言った。

「鬱《ふさ》ぎの虫かい？　気の毒に。でも、僕の方は浮きうきせずにいられないんだ。すんげえニュースがあるんだぜ」

「コリンズ」と僕は言った。「このオーデコロンを捨ててくれ。気が抜けてるよ。それで、フレディー」召使いが部屋を出て行くと、「ニュースって？」

「シンクレア嬢と婚約したんだ。親父《おやじ》さんがやっとこさ認めてくれてね。どうだい？……僕、嬉しくてしょうがないんだ。だって、ずいぶんスッタモンダしたから、僕もすっかりメゲちまったしね」

シンクレア嬢！　思い出した――ロマンティックな、ふわふわした金髪の女の子で、あり得ないくらい可愛くて、夢見るような眼と黄金色《きんいろ》の髪、詩と理想主義を絵に描いたような娘だ。

フレディーとは何と対照的なんだろう。彼女のことを思うと、ピンクのシフォンや、ショパンの夜想曲や、メンデルスゾーン[1]の写真が頭に浮かぶ。

「おめでとう、君」僕はそう言いながら、あることを思いついた。シンクレア嬢に恋をしたら、どうだろう？　無二の親友と婚約した女性に希望《のぞみ》のない思いを寄せる――これより悲劇的なことがあるだろうか？　これこそ、僕が待ち望んでいたものではないか。

「僕もその子に会ったことがあるよ。彼女のところへ連れて行ってくれ。おめでとうと言いたいから」と僕は言った。

フレディーは喜んで承知した。

僕らは一日二日経《た》って、訪ねて行った。アリス・シンクレアはじつに素敵な美人だったから、僕が自分に課したつとめは難しくなさそうだった。アリスはフレディーの親友として僕に優しくした――フレディーが彼女のお母さんと話している間、僕らは彼のことを話した。

「世の中には幸運な人間がいるものですね！」僕はそう言って、深い嘆息をついた。

「どうして、そんなことをおっしゃるの？」

「あなたがこんなに綺麗だからです」僕は小声で、以前の流儀でこたえた――すなわち、つい口から出た言葉のように言ったのだ。

彼女は笑って、たぶん顔を赤らめたんだと思うが、フレディーの方を向いた。僕はそのあと帰るまでずっと口をきかず、物思いに耽《ふけ》るように、彼女を見つめていた。お母さんは僕が少年らしく羞《は》にかんでいるのだと思って、ありきたりな善意の文句を並べて、気を引き立てようとした……

1 H・S・メンデルスゾーン（一八四七～一九〇八）。ポーランド出身で英国に帰化した写真家。

二

次の二、三週間に起こった出来事は、少し説明するのが難しい。僕はシンクレア嬢に何度も会い、機会さえあれば彼女を讃《ほ》めそやした。これは僕の持論なんだが、一人の女性を十分長く、十分熱心に口説《くど》きつづければ、しまいにはその女性が好きになってくるものである。僕はめざましく進歩していた。悲しい気持ちになりかけることが何回もあったし、時にはフレディーが少し嫉《ねた》ましく思えるくらいだった。

ある時——あれは社交季節《シーズン》も終わりに近い、暖かな日だったのを憶えている——僕たちはあの馬鹿げた当世風の場所へ——氷が人間と同じくらい人工的で、人間よりもずっと磨かれているあの場所へ、スケートをしに行った。フレディーはスケートが上手で、アリスの幼い妹に教えていた。僕はアリス自身の優雅な動きを指導していた。あなたはスケートがお好きなのね、と彼女は言い、僕はそうですと答えた——薄氷の上で——その時、彼女がつまずいて転《ころ》んだ……足首を少し傷《いた》めた——ほんの少しだけ、と彼女は言った。

「ああ、シンクレアさん——『アリス』——きっと怪我《けが》をなさいましたよ」僕は心配のあまり涙がにじむような声で言った。「お休みにならなければいけません——うちへ帰って、お休みにならなければ駄目ですよ」

フレディーがやって来て、あれこれ相談した末、怪我《けが》はごく軽いから、フレディーはあとに残って、最後までスケートを教えることに決まった。僕はアリスを家まで送ることになった。

僕らは小型の四輪馬車《ブルーアム》に乗った——身体を寄せ合って。彼女は可愛らしい頭を少し——僕の方に——傾けていたようだ。僕はボタン穴に菫《すみれ》の花を挿《さ》していた。たぶん、彼女は疲れていたか、ぼうっとしていたのだろう。

「御気分はいかがですか、シンクレアさん？」

「ずっと良くなりました——有難う！」

「痛むんじゃありませんか……あなたが転んだ時は、どうしようかと思いました——心臓が止まりましたよ！」

「御親切にどうも有難う。でも、ほんとに何でもありませんのよ」

「あなたといるこのひとときは何て貴重なものなんだろう！　いつまでもあなたと馬

車に乗っていたいなあ！　生きている限り――永遠に！」

「まあ！　何て可笑《おか》しな人なんでしょう！」と彼女は優しく言った。

「ああ、あなたにわかってもらえたならなあ、シンクレアさん、どんなに――僕がどんなにフレディーを羨《うらや》ましく思っているか」

「まあ、カリントンさん！」

「カリントンさんなんて呼ばないで下さい。冷たい――よそよそしいじゃありませんか。セシルと呼んで下さい。いいですか？」

「いいわ、セシル」

「僕がフレディーを羨むのは不誠実だと思いますか――そのことをあなたに言うのは？」

「ええ、そうでしょうね。少し」

「いや。僕はそう思いません――今は気分はいかがですか、アリス？」

「ずっと良くなったわ、本当に有難う」……

突然、僕自身も驚いたし、まったく予想もしなかったことだが、僕は彼女にキスしていた――もののはずみで。それは何か恐ろしいことのように思われたので、僕たちは二人共そんなことはなかったふりをして、事実を無視し、フレディーが羨ましいと口にすることは不誠実であるかどうかを論じつづけた……僕は飽くまでも彼女を怪我人扱いし、抱きかかえて馬車から下ろした。彼女は神経質に笑っていた。僕はまだ不幸せではないようだったが、いずれそうなるだろう。

翌晩、僕らは舞踏会で出会った。彼女はフレディーが贈った花を身につけていたが、その中に、僕がボタン穴に挿していた菫を一輪か二輪結《ゆ》わえつけていた。僕は女性のこういう媚《こび》態が面白くて、微笑《ほほえ》んだ。きっと彼女は僕がすっかりのぼせ上がったと見たとたんに、嘲笑《あざわら》うに違いない。僕を子供だと思ってるんだ！　結婚式の日には、たぶん、僕もいよいよ惨めな気持ちになれるだろう。

……「不可能なことに憧れるのは、何と悲劇的で恐ろしいことでしょう！」

僕らはバルコニーへ出て、腰かけていた。フレディーは舞踏室で踊っていた。彼はダンスが上手なのだ。

「不可能なこと！」とアリスは言って、ちょっと変な顔で僕を見たような気がした。

「でも、まさか本当に、本当に――」

「あなたを愛しているわけはないとおっしゃるんですか?」僕は情熱的に叫んだ。「心の底から愛しているんです! 僕の人生は永久に損われてしまいましたが、僕のことは考えないでください。そんなこと、どうでも良いんです。もちろん、僕は死ぬかもしれませんが、気にしないでください。人は恋に破れても、生きつづけることがありますからね。それに――」

「わたしの番だと思いますが」そう言って、つまらないダンスの相手が彼女を連れて行った。

その夜でさえ、僕はどうしても信じられなかった。僕の人生にはもう喜びの可能性がないなどとは……

翌《あく》る日の一時半頃、起きるとすぐアリスからの手紙という形で、青天の霹靂《へきれき》に見舞われた。

一体、こんな話を信じていただけるだろうか。この馬鹿げた、ロマンティックな、人の言葉を鵜呑《うの》みにする美しい女性が、フレディーとの婚約を解消したと書いてよこすなどということを？　若いあなたの人生を台無しにすることには耐えられません。あなたの愛情におこたえします。たよりをお待ちしています、というのだった。

僕は大いに慌《あわ》てて、両手で顔を蔽《おお》った。何ということだ！　僕はけして成功から離れられないのだろうか——報われぬ愛情という贅沢を知ることはけしてできないのだろうか？　もちろん、僕は今になって自分を欺《あざむ》いていたことに気づいた。アリスへの気持ちは、彼女に好かれたいと思う程度であって、そのために無意識の努力をしていたのだ。彼女が僕を愛していると知った瞬間、興味は失《う》せてしまった。僕の情熱は完全に想像の所産だった。彼女のことなど、これっぽっちも好きではなかった。無関心そのものだった。それにフレディーは！　僕が悲しみを欲してやまないからといって、それが他人《ひと》を悲しみに突き落とす理由になるだろうか？　僕が泣きたいからといって、僕の友達が喜んではならないのだろうか？　自分では要《い》りもしないものを彼から奪い、フレディーの人生を滅茶滅茶にするなんて、何という恐ろしいことだろう！

僕がやるべきことはただ一つ。彼女にすっかり事情を打ち明け、気の毒なフレディーと仲直りしてくれと頼まなければいけない。これはひどく面倒だった。僕が失恋しようとしていたのだと、人生を台無しにしたかったのだと、どうすればわかってもらえるだろう？

僕は手紙を書いて、できるだけ率直に説明した。それはじつに胸を打つ手紙だったが、良い役回り《ボー・ロール》を演じたいという不可避の欲望が、抑え難く忍び込んで来たのだと思う。僕は、何があっても彼女とは結婚すまいと固く決意した自分を――どちらかというと寛容で、克己心の強い人間に描いたようだ。悲痛な手紙で、読んでいるうちに涙が出て来た。

最後の方の文面はこうだ。

……「お幸せを心から祈っています。そして、いつかあなたとフレディーが神様の美しい日射しの下で、雛菊《ひなぎく》の野を歩いている時、孤独なさすらい人《びと》のことを悪く言わないでくださることを。

そう、さすらい人です。僕は明日イギリスを発《た》つのですから。明日、どこか遠くの地に――おそらく、トルヴィルに[2]――この身を埋《うず》めに行くのです。そこに行けば自分の心を隠して、あなたと僕の大事な、大事な幼《おさ》な友達の幸福を常に祈ることができるでしょう。

死ぬまで、そしてその後も、あなたと彼の最愛の友である

セシル・カリントン」

ちっとも僕の文体らしくはなかったが、手紙というものは、どうしても受け取る人の性格に適した調子になってしまうものだ！

僕は気の毒なフレディーに会うことを少し恐れていた。彼に誤解されたら、本当にちょっと悲劇だ。ところが、ここでも幸運が随《っ》いて来た。アリスが書いた婚約破棄の手紙はたいそう謎めいた言葉遣いだったので、単純なフレディーには少しも意味がわからなかったのだ。それで、僕の手紙（彼女はそれを読んでカンカンになった）が届いてからすぐ、フレディーが現われると――アリスは彼の腕に飛び込んで、赦《ゆる》しを乞うた。あれは――女はこういう点が上手だ――些細な気まぐれ《ブータード》だったふりをして。

2　フランス、ノルマンディーの海辺の観光地。

けれども、フレディーは僕が彼の婚約者《フィアンセ》のために、「メゲちまった」んだと疑っていて、僕が遠くへ行ったことを何か立派な行為のように考えていたらしい。

しかし、ちょっと考えればわかったろうに——八月の初めに「イギリスを去る」のは、べつに変わったことでも何でもない。それに、僕がド・ヴァーニーとフランスで夏休みを過ごす予定を立てていたのを、彼は知っていたのだ。それでも、彼は僕が気高い振舞いをしたと思っている。アリスはそんなこと思っていないが。

そんなわけで、〝嘆き〟は人生が僕に拒む唯一のものであることがわかった。僕は金色の砂の上で、縞模様の水着を着たトルヴィルの陽気な海水浴客と共に過ごし、唇に笑みを浮かべて、〝悲しみ〟を求めるのはもうやめにしたのだった。

回想

一　オスカーが肝腎

九十年代の半ば、富というものは現在のように稀《まれ》ではありませんでしたが、すでに払底《ふってい》しかけていました。お金が地上からまったく消えてしまうのではないかと心配する人さえいました。そして二人の資本家が六月の一夜、イーシャー[1]の近くの森で歌っているのを人が聞いた時、オスカー・ワイルドはすぐにそのことについて「タイムズ」に文章を書きました。お金のことは小声で、仕事場で話されていました。人は今と同じようにお金を欲しがり、貴《たっと》んでいましたが、「値段」が普通の会話で話題になることはありませんでした。

世の中にもっと余裕があったのです。あらゆる意味で、余裕が求められていました。思い出すのは、ジョン・グレイ[2]（当時は、比類ない時の詩人と考えられていました）

の詩集が出た時のことです。本文が細い小川となって広々した余白の牧場をうねりくねっているのを見て、わたしはオスカー・ワイルドに言いました。あなたはこういう小詩人よりも一歩先に進んで、余白だけの本をお出しなさいよ。その本には書かれていない美しい思想が一杯詰まっているの。この空白の本は薄緑の革で装丁して、その革には金色の睡蓮を散らして、硬い象牙をのせてあるの。リケッツ[3](シャノンではないとしても)が金の装飾をして、和紙に印刷して。一冊一冊が蒐集家向けの逸品となるに違いないわ。番号を打った部数限定の「初版」で(かつ最後の版でも)あって、「非常なる稀覯本《きこうぼん》」よ。

彼は賛成しました。

---

1 ロンドン郊外サリー州の町。

2 英国の詩人(一八六六〜一九三四)。ワイルドに愛され、ドリアン・グレイのモデルとも言われた。ここにいう詩集は『銀筆詩集』(一八九三)のこと。

3 チャールズ・リケッツ(一八六六〜一九三一)。英国の画家。友人のチャールズ・シャノン(一八六三〜一九三七)と共にヴェイル・プレスという出版社を始め、美しい装丁の本をつくった。

「その本は君に捧げよう。そして書いていない本文にオーブリー・ビアズリーの挿絵をつけてもらおう。友達のために署名本を五百部、一般読者のために六部、アメリカ向けに一部刷らなきゃいけないね」

この頃、一八九四年から一八九五年にかけて、ロンドンには突然趣味と表現の花がけざやかに咲き開いたのでした。芸術や、詩や、美や、衣装や、装飾が流行となり、たいていの人はその種のことについてろくに知識を持ちませんでしたが、誰もがそうした話題を口にしました。〝シェイク〟[4]というものはまだ発明されていなくても、「上趣味《シック》」は大いに求められました。「まったく素敵」だとか「ただただ完璧な」とか、「綺麗すぎる」「驚くほど素晴らしい」といった文句が流行《はや》りました。感情の危機というものを人々はゆったりと楽しみながら、不運な人は同情の苦しみをもって長々と論じました。「タンホイザー」序曲、デイリーズ劇場、ゲイエティー座、ライシーアム座、「タンカレー夫人」[5]などのまったく非英国的な話題に人々は熱中しました。実際、フランス人が控え目に物事を言うのに対し、「大袈裟《おおげさ》にしゃべり立てる」のは外国人よりも、むしろ英国人なのです。良くできた料理について、イギリス人なら「まったく非の打ちどころがない」とか、「素晴らしい」とか言いそうな時、フランス人はせいぜい「食べられる《サ・ス・マンジュ》」と言うくらいでしょう。

あの頃、強い無口な男はどこにいたのでしょう？　どこにもいなかったのです！　もっと繊弱《ひよわ》で、饒舌《じょうぜつ》なものが求められていました。そして、こうした華やかな流行に先鞭《せんべん》をつけたのは、詩人、才子、劇作家のオスカー・ワイルドにほかなりませんでした。彼は豪華な錦や、薔薇色の天幕を張った天井や、黄色い繻子《しゅす》、「人生のあらゆる悲惨を慰める物」を愛し、流行らせました。宝石や贅沢な花々も同じでした。それはモリス[6]やフォード・マドックス・ブラウン[7]といったラファエロ前派の芸術家たちの地味と抑制からの反動であり、忘れられた審美的な八〇年代のノアの箱舟の人形めいた小さな物への嗜好《しこう》や、ノアの懐古趣味からの反動でもありました。緑と黄色はもう

4　原文は the Sheik。chic《シック》（上趣味）を変な発音で言う人々をあてこすったのだろう。

5　アーサー・ウィング・ピネロ（一八五五～一九三四）の劇「第二のタンカレー夫人」のこと。

6　ウィリアム・モリス（一八三四～九六）。英国の詩人、デザイナー。「アーツ・アンド・クラフツ運動」の中心人物。

7　英国の画家（一八二一～九三）。家具やステンド・グラスのデザインもした。

要らない！　すべてが紫と黄金《きん》でした。「ペイシェンス」[8]の主人公はさんざん冗談の種にされましたが、今では真剣にその真似をする者が出て来ました。追随者が許されたのは、たぶん不幸なことだったのでしょう。弟子というものはみなそうですが、かれらは国王にまさる王党派で、王が退位したあとも王党派でありつづけ、創始者がとっくに飽きてしまった流行を、自分のために利用しつづけるのですから。

美術品のような石炭入れがバラム[9]にまで現われた頃、若いオスカーの熱烈な言葉に初めて火を点《つ》けられた人々は、マホガニーの家具を往来へ放り出し、赤と白の象牙のチェスの駒や、ガラスを上に敷いたワックスフラワー[10]や、馬の毛を詰めた小さなソファーや、「光沢物《つやもの》」を探し求めて、完璧なヴィクトリア朝中期の部屋をこしらえようとしていました。詩人と挿絵画家オーブリー・ビアズリーの趣味の違いは際立って対照的でした。オスカーは紫と金を愛しましたが、オーブリーはあらゆる物を黒と白にしてしまいました。そして、鑑定家《めきき》は誰もこの若い画家の線を素晴らしいと讃めましたが、彼がどういう場所に絵を発表すれば良いかを知らない、といって嘆く人たちもいました。

あの頃、生活はたいそう華やかで、気楽で、表面上は現在と良く似ていました。デレスズク兄弟[11]は歌い、ド・グレイ伯爵夫人[12]は音楽を奨励していました。テディー・ペイン[13]とアーサー・ロバーツ[14]がわたしたちを楽しませていました。それに、わたしたちには大文通家のホイッスラー[15]がいたではありませんか？　彼はいつも機智に富んだ、人を侮辱する手紙を書いて、その手紙を自費で（そして人々に迷惑をかけて）出版し、

---

8 「サヴォイ・オペラ」の一つ。アーサー・サリヴァン作曲、W・S・ギルバート台本。一八七〇年代から八〇年代の審美運動を諷刺した。主人公のバンソーンは主としてワイルドをモデルにしている。

9 ロンドン南郊の一区域。

10 学名カメラウキウム。オーストラリア原産の花。花弁が蠟細工のように見えるので、こう呼ばれる。

11 ジャン・デレスズク（一八五〇〜一九二五）とエドゥアール・デレスズク（一八五三〜一九一五）。ポーランド出身の歌手。ジャンはテノール、エドゥアールはバスを歌った。

12 一九一七年に死去したロンドン社交界の花形。ソプラノ歌手ネリー・メルバやデレスズク兄弟、ロシアバレエ団のディアギレフなどと親しく交わった。

13 エドマンド・ジェイムズ・ペイン（一八六三〜一九一四）。英国の喜劇俳優。「ゲイエティー座」で活躍した。

14 英国の喜劇俳優（一八五二〜一九三三）。

肖像画を描いたり、怒り狂って絵を破ったりして、年中喧嘩をしていました。しまいに公衆は灰色の靄《もや》に巻かれて、どの絵が「月光のバターシー橋」なのか、どれが「カーライル」で、どれが「画家の母親の肖像」なのかわからなくなってしまうのでした。

〝神の物真似猿たち〟(この言い方は最近ウィンダム・ルイス氏[16]が発明したのですが、当時は〝天の猟狗《りょうく》たち〟[17]と呼ばれていました)は、「硬い宝石のような焔で燃える」こと(ペイター[18]の命令です)、「いかなる経験にも怖《お》じない」こと、「感覚を追い求める」ことを自分の義務と感じ、または自分の仕事にしていました。このような感情的自己表現の結果として、九十年代には手紙を頻繁《ひんぱん》に書く流行が生まれました。長い、機智に富んだ、感傷的な手紙(個人的に雇った馬車が届け、返事をもらって帰ったのです)、熱情溢れる、長い、返信料支払い済みの電報。一方、使い走りの少年の呼び声があらゆる家に鳴り響いていました。

かつてオスカー・ワイルド自身が言ったように、人はヘリオガバルスの悪口を言ったり、チェーザレ・ボルジアを非難したり、ネロを叱ったりすることはできません。こうした人物は芸術の領域に入ってしまったからです。わたしたちの華々しい天才、オスカー・ワイルドも同じです。けれども、根本的な違いは、彼は残酷にも無情にもなれない人間だったことです。彼の咎《とが》は心の弱さであり、あれほど頭の冴《さ》えた人でありながら、判断力が致命的に欠けていたことです。けれども、彼は伝説になったという点で、ネロやヘリオガバルスと似ています。彼はつねに伝説でした。いつまでもそうありつづけることでしょう。

彼は物を書く時よりも話をする時の方が当意即妙のやりとりに長《た》けていたので、いつも即席に言ったことを、あとで作品に使いました。

15 ジェイムズ・マクニール・ホイッスラー（一八三四～一九〇三）。アメリカに生まれ、英国で活躍した画家。ラスキンとの訴訟事件は有名。『敵をつくる上品な技術』（一八九〇）という著書がある。

16 英国の作家。『神の物真似猿たち Apes of God』（一九三〇）という諷刺小説を書いた。

17 フランシス・トムスンの有名な詩「天の猟狗 The Hound of Heaven」のもじりか。

18 ウォルター・ペイター（一八三九～一八九四）。英国の文人・批評家。著書『ルネッサンス』はワイルドらに大きな影響を与えた。「硬い宝石」云々の句は同書の「結語」からの引用。

思い出します。他の青年と共に、オスカーに話しかける順番を待っていた真面目な青年が、彼にいろいろ質問をしました。詩人はこの時にした返答《こたえ》のいくつかを著書『意向集』の中で使いました。

「ワイルドさん、どうかあなた御自身のお言葉で答えてくださいませんか。ジョージ・メレディス[19]をどうお思いになります？」

「ジョージ・メレディスは散文のブラウニング[20]です。そしてブラウニングも同じです」

「有難う。彼の文体は？」

「渾沌《こんとん》です。それが稲妻の閃光《ひかり》に照らし出されています」

「ヴェルレーヌをどうお思いになりますか？」

「ヴェルレーヌは溝《どぶ》にはまっていますが、舗道の敷石の上で詩を書きます」

「ラドヤード・キップリング[21]は？」

「ああ！　彼は成功のために大事なものを見つけました。新しい背景です。椰子《やし》の木とサラーム[22]とウィスキーのソーダ割りです。彼はインド在住の荒廃《すさ》んだイギリス人を描いていますが、それらの人物は、俗物社会の素晴らしい背景からあざやかに浮かびあがって来ます。彼は鍵穴から驚嘆すべきものを見て、詩の中では、現在《いま》生きている誰よりもたくさんH《エイチ》を落としました。[23]『銀の男』[24]は傑作です」

そこにいたべつの男が近づいて来て話をさえぎり、詩人の肩を叩いて、言いました。

「やあ、オスカー！」

オスカーは面《おもて》を上げました。そこにいたのは見ず知らずの人間でした。彼は言いました。「あなたのお顔は存じ上げませんが、あなたのような態度には慣れっこに

19　英国の小説家（一八二八～一九〇九）。文壇の重鎮だったが、独特の晦渋な文体で知られていた。
20　ロバート・ブラウニング（一八一二～八九）。英国の詩人。その詩は難解なところがある。ワイルドのこのあとの言葉は、ブラウニングの詩が詩でないと言っているように聞こえる。
21　インド生まれの英国の作家・詩人（一八六五～一九三六）。インドを舞台にした小説で注目された。
22　イスラム教徒の挨拶の言葉。
23　Hの発音が抜けるのは、ロンドン下町言葉の特徴。
24　キップリングの短篇「獣の印」に出てくる登場人物。ここでは作品の題名と勘違いされている。

なっていますよ」

彼はその晩、わたしにこんな話をしました。ある女性が彼のところへ来て、日本から屏風《びょうぶ》をいくつか送ってもらったのだが、どんな風に並べたら良いかと助言を求めたのです。彼は言いました。「並べてはいけません。そこにただ存在させておきなさい」

彼があの事件のあとディエップにいた時、ある親切で歓待《もてなし》好きの婦人が、オスカーをたびたび昼食や夕食に招きました。彼女は家計を節約するのが自慢で、葡萄酒をいっぺんにたくさん買って、支払いを安く済ませるのだと話しました。

「いくらするとお思いになって?」と彼女はたずねました。

「さあ、わかりません」オスカーは葡萄酒を味見しながら、言いました。

「一本たったの九ペンスですのよ!」と彼女は答えました。

彼はそれ以上飲まず、グラスを置きました。

「ひどいな! それは可怪《おか》しい。お気の毒ですが、葡萄酒の商人というのは恥知らずに御婦人をだますものです!」とオスカーはつぶやきました。

二　最後の初日

一八九五年二月十四日のヴァレンタイン・デー、ロンドンではもう何年もなかったようなひどい吹雪が起こりました。黒い、冷たい、険悪な風が雪を吹きつけました。あの暗い不吉な冬の夜、「真面目が肝腎」がセント・ジェイムズ劇場で初演された晩は、劇場まで馬車に乗って行くのも大変でした。馬が中々進まないので、たいそうゆっくりと行かねばなりませんでした。二輪馬車《ハンサム》、四輪馬車《ブルーアム》などあらゆる種類の乗物の群れが、狭いキング街をふさいでしまいました。

やっと劇場に逃げ込むと、中は何という違いだったことでしょう。外は霜、劇場の中にはほかならぬ成功の息吹きが感じられます。華美と、流行と、永遠に続きそうな人気の馨《かぐわ》しい空気が。劇の作者は創意と発明に富み、才気に満ち溢れていました。それなのに、この賑やかさが長続きせず、彼の人生が外の空気のように暗い、冷たい、不吉なものになってしまうなどとは、どうして想像することができたでしょう。馨《かぐわ》しいと言いましたが、オスカーはその場にいない友人[25]を思って、鈴蘭をその晩の花にしようと言い渡しておいたのです。あの時代は花が大きな意味を持っていて、劇場にいる綺麗な女性は、ほとんど全員が大きいふくらんだ袖に百合の花飾りをつけていました。一方、何列もの客席に並んだ優雅な青年たちは、可憐な鈴蘭の花をボタン穴に挿していました。洒落《しゃれ》た青年たちの大部分は象牙の握りがついた黒檀の長いステッキを抱えていました。黒い編み目の入った白の手袋をつけて、先の尖《とんが》った靴を履いていました。

今時はオペラ座でも、ロシア・バレエ団の初日でさえもめったに見られないような、錚々《そうそう》たる観客でした。外の通りは、乗り物や人を待ついつもの群衆だけでなく、有名人の到着を公演の一部と思っているかのような、ワイルドの熱狂的なファンで混み合っていました。かれらの多くは知名の士を歓呼の声で迎えましたが、一番大きな喝采がわき起こったのは、イングランド銀行と同じくらい有名な作者が、綺麗な夫人と馬車から下りて来た時でした。夫人はそのあと友達の席に混じり、作者自身は舞台裏へ行きました。

それは何という、さざめき、輝き、おしゃべりをする観衆だったことでしょう！

かれらはきっと楽しめると信じていました。なぜなら、もし万が一、劇が気に入らなかったとしても、オスカー自身がお客を楽しませるために何かしてくれるに違いないではありませんか？　彼は劇が終わったあとに、煙草をふかしながら、上着に派手な緑のカーネーションを咲かせて歩いて来て、かすかに微笑み、例のゆっくりしたしゃべり方で（スウィンバーン流[26]にいくつか言葉を強調しながら）こう言うでしょうか？「この芝居は愉快ですな。わたしはすっかり堪能《たんのう》しました」あるいは、べつの機会にそうしたように桟敷からお辞儀をして、劇場中に聞こえるはっきりした声で、ワイルド氏はここにはいませんと述べるでしょうか？

彼は天井桟敷に向かって演じても、平土間の客を味方にしてしまうのでした。

これより先、何週間にもわたって、オスカーがワージング[27]で笑劇《ファルス》を書いているという噂が流れました。彼は毎日少しずつ書いて、〝選ばれた人々〟に――妻と子供たちと少数の友人に――読んで聞かせているという話が。彼自身、これは繊細な空想の風

25　アルフレッド・ダグラスのこと。ワイルドは彼を「鈴蘭 lily-of-the-valley」という愛称で呼んだ。
26　アルジャノン・チャールズ・スウィンバーン（一八三七～一九〇九）。英国の詩人。
27　イングランド南部にある海辺の町。リゾート地として知られる。

船玉だと言っていましたが、実を言うと、「サロメ」を除いて、自分のどの劇も好きではなかったのです。

彼はあの頃、メーテルリンクやフローベールやユイスマンスに影響されていましたが、それでも、「サロメ」は生来豪奢なものや奇怪なものを愛する彼自身を表現していました。(これは本当に類を見ない作品だ、と彼は言いました。なぜなら、アイルランド人がフランス語で書いて、若いスコットランド人の友達[28]が英語に訳したのだから、と!)

でも、話を初日のことに戻しましょう——最後になった初日に——

それよりも前、数ヵ月にわたって、ルイス・ウォラー[29]は優しくて男らしい「理想の夫」を演じてきましたし、サー・ジョージ・アレグザンダー[30]は立派なウィンダミア卿を演じ、ビアボウム・トリー[31]はお気に入りの「つまらない女」で、機智に富んだ面白い演技をしました。ですから、オスカーはけして新人ではなかったのです。けれども、まだ笑劇を書いたことはありませんでした。

誰もが彼の警句を繰り返していました。当時の社交界はあの世にも珍しい人間、お行儀の良い有名人に夢中になっていました。

このエッセイの主人公である人物があの頃持っていた奇妙な人気、人々の熱狂を今になって言葉で伝えることは困難です。「オスカー・ワイルド氏に会いに」という言葉は、上流社会のごく限られた人だけに送る招待状に書かれていましたが、一方、どんな乗合馬車の御者でも、彼の最新の冗談を知っていたのです。彼は一般人にとってのキャビアだったと同時に、特別な人たちにとっての「紳士の風味」[32]だったのです。彼の最大の楽しみは大衆を面白がらせること、市民をギョッとさせ、貴族の心をとらえることでした。

彼はたいそう上機嫌で、ふざけることが大好きなので、下層階級に受けました。彼

28 「サロメ」はスコットランド人のアルフレッド・ダグラスが英訳した。
29 英国の俳優(一八六〇〜一九一五)。「理想の夫」(一八九五)でサー・ロバート・チルターン役を演じた。
30 英国の俳優・劇場支配人(一八五八〜一九一八)。「ウィンダミア卿夫人の扇」「真面目が肝腎」に出演した。
31 ハーバート・ビアボウム・トリー(一八五二〜一九一七)。英国の俳優・劇場支配人。
32 一八二八年にジョン・オズボーンが考案した一種のアンチョビ・ペースト。

のもっと高尚な才能は、芸術を愛する人々と、楽しみを求める高貴な人々を魅了しました。彼は誠実な芸術家と共にいる時、一番自分自身でいられるのでした。けれども、中流下層階級はけして彼を好まず、つねに彼を疑って、その成功を憎みました。人は一般に、成功に値する人間には反感を持ちませんが、ただ成功を手にすることにだけは反感を抱くのです。

あの晩、あそこに居合わせた人で今も御存命の方は、どなたも憶えていらっしゃるでしょう。最初の瞬間から小波《さざなみ》のような笑いがやまなかったこと、この「真剣な人々のための軽薄な喜劇」を観《み》たお客の不思議な、ほとんどヒステリックな喜びを。ある点で、それはほとんど子供じみた楽しさでした。

オスカーは前々から、逆説《パラドックス》と警句をたてつづけに使うことを批判されていました。それらの言葉は機智に富み、適確で皮肉なもので、当時の流行でした。他の劇では、時として鬱陶《うっとう》しいと思う人もありましたが、本当は、どれほど深い意味を持つ言葉だったことでしょう。

「男は飽き飽きしたから結婚する。女は好奇心のために結婚する」

「皮肉屋とはあらゆるものの値段を知っているが、いかなるものの価値も知らない人間である」

「良いアメリカ人は死ぬ時にパリへ行く。悪いアメリカ人はどこへ行くか？　アメリカへ行くのだ」

オスカーの機智のスタイルは危険なほどに模倣しやすかったので、わたしたちは何年も、彼の真似をする人たちの間抜けな警句やつまらない逆説に悩まされたのでした。

彼は「真面目が肝腎」では、こうした形の警句を用いないことに決めていました。この芝居は題名にさえ愉快な語呂合わせ[33]がありました。彼はこれを徹頭徹尾〝純粋なノンセンス〟にしようと思っていました。この劇には警句も逆説も一つもありませんでしたが、この意外な方法は観客をいっそう喜ばせ、アラン・エインズワース[34]が見事に発した悲痛な泣き声と共に第一幕（この幕は主として胡瓜《きゅうり》のサンドイッチのことに終始しているようでした）が終わった時、「でも、僕はまだお茶を飲み終わっていな

33　「真面目が肝腎」の原題は The Importance of being Earnest で、人名のアーネストと「真面目」という意の earnest をかける。
34　英国の俳優（一八六四～一九五九）。

いんだ!」という台詞の子供のような単純さが、大受けに受けたのでした。オスカーは正しかったのです。この笑劇はモザイクのようなものにするべきだとある友人が言った時、彼は答えました。「いや。ピストルで撃つように進まなければいけない」

そして威厳のあるジョージ・アレグザンダーが大仰な喪服で舞台に現われた時、人々はどんなに笑ったことでしょう。彼は架空の人物バンベリーが創造者にとって厄介者《やっかいもの》になり、死ななければならないので、その架空の葬式のために、そんな服装をしたのです。(吸口《すいくち》の黒い煙草を吸ったらどうかという提案もありましたが、アレグザンダーはそこで一線を引きました。)

次の幕が終わってから、オスカーはわたしのいる桟敷へ来ました。そこにはビアズリー姉弟《きょうだい》、メイベルとオーブリーとほかの友達がいました。

これよりも数年前にわたしは初めてオスカーと会ったのですが、彼はブラジルの蝶々の羽をつけた大男のようだと聞かされていました。わたしは本人を見てもがっかりはしませんでしたが、ジョージ四世とブライトンの離宮に暮らしていたローマ皇帝のようだとでも言った方が、ずっとあたっていると思いました。

彼はこの晩、呑気で明るい経歴の絶頂にあり、彼独特の不思議な幸福感に満ち溢れていました。ひどい悲しみや苦痛に襲われていない時は、いつもそんな様子だったのです。彼の額は低くて広く、まっすぐなふさふさした髪の毛にはヘアアイロンがかけてあって、そのためにローマ人の胸像のように見えました。顔は海辺に長くいたため、あざやかな赤茶色に焼けていました。目は青灰色で、口は良い形をしていましたが、それはいつも微笑をたたえ、人生が楽しくてならないような笑い声をよく立てるために、そんな形になったのです。彼には素晴らしい元気と、刹那《せつな》を生きる近視眼的な喜びがありました。天才はすべてお人好しな面を持っています。眼を瞠《みは》るような天才で、おそらく作家としてよりも臨機応変な座談の名手としての方が偉大だった彼も、この人の好さを過度に持っていました。けれども、わたしはここで彼の作品や人物を批評する気はありません。ただ記憶に残っている一時期の印象、ある晩の印象をお伝えするだけです。

一八九五年のオスカーは、かつての青白い、ほっそりした長髪の若者の面影を跡形《あとかた》もとどめていませんでした。サラ・ベルナールが初めてイギリスへやって来た時、両腕に一杯の白百合を抱えて会った彼、また「ヘレンの再来」、ジャージー・リリー、美しいラントリー夫人[35]をミレー[36]――この人は彼女の肖像画を描き、王室の方々に紹介しました――に紹介した時の彼はそんな風だったのですが。オスカーは彼女のために山程《やまほど》の詩を書き、彼女を恋するあまり夜中まで、しかも雪の中で、彼女の家の戸口に寝ていたことがあります。しまいに夫のラントリー氏――あの伝説的な、しかし現実にいたらしい人物――がクラブから帰って来て、彼につまずいたのです。

詩人はもう「無慈悲な美女」[37]の犠牲者のように「独り青ざめ、彷徨《さまよ》って」はいませんでした。ちなみに、あの絵が王立美術院の展覧会にかけられた時、「ありがとうを言わない貴婦人」と訳した子供がいます。

今、わたしの目に浮かぶのは一八九五年二月十四日のオスカーの姿です。彼はダンディーらしい入念な身ごしらえをして、華やかだけれども落ち着いた服装をしていました。指先の細い小さな手に白い手袋を持っていました。一本の指に、大きな甲虫石《スカラベ》の指輪を嵌《は》めていました。指輪と色を合わせた緑のカーネーションがボタン穴に咲き誇り、黒いモアレリボンの時計鎖についた大きな飾りが、白いチョッキから垂れ下がっていました。この衣裳は、ほかの人が着れば仮装のように見えたかもしれませんし、彼の模倣者が着ればまさにそうなったでしょうが、オスカーには完璧に似合っていました。彼はくつろいだ様子で、ヨーロッパで最後の紳士のように見えました。

「オーブリーと同じ椅子に坐っちゃいけないよ。体裁が悪くないからね」というのが、彼が最初に言った言葉でした。オーブリー・ビアズリーはひょろ長い身体を折り曲げて、椅子の肘掛けに腰かける癖があったのです。彼は少し辛辣なユーモアの持主で、やはり大変なダンディーでした。ステッキから飾り房を取ったら、ひどい風邪を引いたと言っていました。

「あの二人は何て対照的なんだろう」とオスカーはつづけて言いました。「メイベルは雛菊《ひなぎく》で、オーブリーは世にも奇怪な蘭《らん》の花だ」

劇は素晴らしく進行し、わたしたちはあとで夜食をとりに「ウィリス」亭へ行きました。そこは当時流行《はやり》の小さなレストランで、料理が良いのと、緋《ひ》の革張りの椅子と黄色い蠟燭の笠《かさ》で名高く、劇場からつい二、三軒先にありました。わたしたちは泥と

35　リリー・ラントリー（一八五三～一九二九）。アメリカ出身の女優。
36　ジョン・エヴァレット・ミレー（一八二九～九六）。英国の画家。
37　ジョン・キーツ（一七九五～一八二一）の詩。原題「La Belle Dame Sans Merci」はフランス語で、「Merci」は慈悲の意味。これを「ありがとう」のメルシーと間違えると、この子供の訳のようになる。ここにいう絵はフランシス・バーナード・ディクシーの作品。

一寸先も見えない霙《みぞれ》の中を歩いて行ったのですが、劇場内の暖かさと良い馨《かお》りとは何と恐ろしい対照だったことでしょう！　オスカーはふだんと違って、夜食の席に来ませんでした。たぶん、何か暗い予感が――おそろしい虫の知らせがあったのでしょう。あるいは、クインズベリー侯爵の奇妙な振舞いのためだったのかもしれません。侯爵は人参やカリフラワーや蕪《かぶ》などの野菜でできた珍妙な花束を、切符売場に置いて行ったのでした。オスカーには大勢の友達がいましたが、仇敵《きゅうてき》もいることはすでに知られていました。そして彼の一番の敵が変人だったとすれば、彼を嫉《ねた》む多くの競争相手はまったく破廉恥《はれんち》でした。

一八九五年二月十四日のヴァレンタイン・デー、あの最後の初日の晩は凍《い》てつくような寒い夜で、黒い、冷たい風が吹いていました。

三　その後

最初の公判のあと、陪審団の意見の不一致のため、オスカーは苦しい試煉《しれん》を受けた末に一時釈放されました。けれども、ホテルも、クラブも、大勢の個人的な友人さえも——つい二、三週間前、それどころか二、三日前には彼におべっかを使い、チヤホヤしていたのに、今は彼を泊めることを素っ気《そけ》なく拒わるのでした。彼は追われて逃げ場のない雄鹿のようでした。ホテルに部屋を取ることもできなかったのです。とはいっても、ホテルやクラブや個人的な友達は、まだけっして彼を非難してはいませんでした。問題は一時棚上げの状態にあり、すべては次の公判の結果次第でした。彼はあちこちを回りましたが、どこでも拒わられました。たしかに、拒わり方はたいそう慇懃《いんぎん》だったのです。彼はまたいつ何時《なんどき》もとの地位に復して、時の英雄、殉教者、ライオンになるかもしれないからです。けれども、かれらは危険を冒そうとはしませんでした。

彼に誠実で献身的な友達が大勢いなかったわけではありません。ですが、そうした人々は彼を迎えられる状況にいなかったのです。

彼はこの時、親族と一緒にいるのがひどく辛《つら》そうだったので、わたしたちは家《うち》に泊まって下さいと言いました。肉親よりも友達といる方がくつろげると思ったからです。彼がやって来る前に、わたしたちは召使いを全員呼び集めました。給仕をする女中も、家事をする女中も、料理人も、台所の女中も、わたしの小間使いをしていた年老った乳母のフィールド夫人も。わたしたちはみんなにこれから誰が来るかを告げて、もしも今すぐ出て行きたければ、一月分《ひとつき》の給料を払うと言いました。というのも、この事件はめったにないほどの大騒動になっていたからです。ロンドンではその話で持ちきりでした。新聞各紙にその記事が載っていました。アメリカ、ドイツ、大陸のすべての国々が論争に加わり、外国人たちは言いました。「これがこの国の詩人に対する仕打ちなのだ」一方、アメリカ人は言いました。「これがこの国の詩人の振舞なのだ」召使いたちはみんな、出て行くつもりはないと言いました。「お気の毒なワイルド様」に仕えるのを誇らしく思っているようでした。かれらは実際、オスカーが家へ来るようになってから、ずっと彼を熱心にもてなしていたのです。御者には一日暇《ひま》をやりました。酒場でしゃべるといけないからです。ほかの者は秘密を守ると約束しました。

それから、わたしはオスカーを迎えに行きました。彼は喜んで承知し、わたしと小型の四輪馬車に乗って戻って来ました。家に着くと、わたしは彼に部屋を見せました。そこは子供部屋だった二階で、大部屋が二つ、小部屋が一つ、それに浴室がついており、アパートの一室というに近いものでした。

部屋の玩具《おもちゃ》を片づけた方が良いかしら、とわたしはたずねました。「そのままにしておいてくれ」と彼は言いました。それで、揺り木馬やゴリウォーグ人形のある子供部屋で、兎《うさぎ》や他の動物の絵が描いてある青と白の腰羽目を見ながら、真剣な、悲劇的な事柄が話し合われました。詩人は子供用テーブルのアメリカ製のクロスに片肘《かたひじ》をかけて、次の公判のことを弁護士と相談しました。

友人たちも世間一般もオスカーの噂をしている時、彼がわが家の屋根の下にいるとは誰も思いもよらなかったのです。

彼はわたしたちに迷惑をかけまいとして、いくつかの決まりをつくりました。晩の六時までは、けして子供の階から下りて来ませんでした。朝食、昼食、お茶はそこで取り、忠実な友達をすべてそこで迎えました。わたしのいる前では、けして厄介な問題を話し合いませんでした。このように大袈裟な心遣いは、今日ではほとんど信じ難いものに思われます。けれども、彼は毎日六時に晩餐のため下りて来て、客間でわたしと一、二時間話しました。普段通り、たいそう入念に身ごしらえをして、ボタン穴に花を挿していました。そして普段通り、毎日なじみの理髪師に来てもらって、髭を剃《そ》り、髪にウェーブをかけてもらいました。彼はいつもローマ人の胸像のように見えたいと思っていました。

彼の世話をした乳母はただもう彼を崇拝して、いつも言っていました。「ワイルドさんを悪く言う人の言葉なんか、一言も信じませんよ。あの方は紳士です。もし紳士というものがいるなら」ビアボウム・トリーも同じ意見でした。「彼は最後までお殿様《グラン・セニュール》だった」

わたしたち二人きりになると、彼はいつも煙草を吸いながら部屋の中を行ったり来たりして、目下の厄介事以外のあらゆることを何とも魅力的に語りました。時には作品集に収められているような散文詩を即興でつくりました。ある時、こうした即興の作を書き留めようとして、筆記具をくれと言いましたが、生憎《あいにく》見つかりませんでした。「スフィンクス、君は作家に必要なものをすべて持っているが、ペンとインクと紙だけはないんだね」

ある日、彼はアプサントの効果を話していました。「最初の一杯を飲むと、物が君の願う通りに見える。二杯目を飲むと、物が本当とは違った風に見える。最後には、物が本当の姿で見える。それは世にも恐ろしいことなんだ」

「どういう意味？」

「関連を断たれるということだよ。山高帽を例に取ろう。君はそれをありのままに見ていると考える。だが、そうではない。なぜなら、君はそれをほかの物や考えと結びつけているからだ。もしも君が山高帽なんていうものは話にも聞いたことがなかったとする。そいつが突然、それだけで目の前に現われたら、君はぞっとするか、笑うかのどちらかだろう。それがアプサントの効き目でね、だから人を狂わせるんだ」

　彼はさらに、こう言いました。「僕は三晩つづけて夜通しアプサントを飲んでいた。不思議に頭が冴えて、自分では正気だと思っていた。給仕が入って来て、鋸屑《おがくず》に水をかけはじめた。すると、そこから世にも素敵な花々が、チューリップや、百合や薔薇の花が咲いて、カフェを花園にした。『あれが見えないかね？』と僕は給仕に言った。『いいえ《メ・ノン》、お客様《ムッシュー》、何もありませんよ《イル・ニャ・リアン》』」

　彼は阿片《アヘン》その他の麻薬についても、たいそうロマンティックな考えを持っていました。自分ではそういうものを吸うことはできませんでした。気分が悪くなって、面白くも何ともないことになるからでした。オスカーはライムハウス[38]の阿片窟の常連について話すのが好きでした。「連中がどんな奇妙な天国で苦しんでいるか、どんな退屈

38　ロンドン東部、テムズ川沿いの地区。

な地獄が連中に新しい喜びの秘密を教えているか、誰が知ろう？」彼はおよそ神経質なところのない人間で、ボードレールやポーは彼の想像力に非常に強く訴えましたが、彼はこうした詩人たちとは全然似ていませんでした。あらゆるものを、冗談を、夕陽を、子供に話しかけることをたいそう楽しんでいたので、「十四時に正午を求める《シェルシェ・ミディ・ア・キャトーズ・ウール》」必要はないようでした。

夕食が済むと、わたしは彼と友達を残して席を立ちました。一日のうちでその時だけ、かれらは真剣な計画を立て――というよりも、まっとうな話をしたのでした。彼はおおむねごく楽観的で、手相見が裁判に勝つと占ったのを固く信じていました。ある日、彼の夫人が会いに来ました。二人は二時間、水入らずで過ごしました。わたしは夫人が大好きだったので、彼女が泣きながら帰るのを見て胸が傷《いた》みました。その後知ったのですが、夫人は弁護士から緊急の伝言を託されて来たのでした。次の公判に出れば、間違いなく彼は破滅だから、その前に必ず逃げて欲しいと弁護士は懇願していました。

すると、彼の顔に梃子《てこ》でも動かないといった頑固な表情が浮かびました。彼はあらゆる便宜が与えられていることを知りながら、何があってもイギリスを去ろうとはしませんでした。逃げ去るのは不名誉なことだと母親に言われたのです。それに、自分の人生では、何事も悪い結果にはならないと思い込んでいました。

フランク・ハリス[39]が語っていますが、ハリスは好きに使えるヨットを借りて、いつでも詩人を連れて行けるように用意していたのです。ある晩、彼は詩人にこのことを申し出て、船を漕《こ》げるかとわたしに訊きました。わたしはもちろん、「はい」と答え、自分が凛々《りり》しい水夫《かこ》になった姿を想像しました。けれども、オスカーはきっぱりと断わりました。

わたしも一度だけ、逃げることを勧めました。短い手紙を書いて、どうか奥さんの言う通りにしてくださいと頼んだのです。晩餐に下りて来た時、彼はわたしに手紙を返して、言いました。「君らしくないよ、スフィンクス」それから、書物《ほん》の話をはじめました。

彼はディケンズのグロテスクな部分でさえ、けして好きではありませんでした。

39 作家・ジャーナリスト（一八五六〜一九三一）。ワイルドと親しく、のちにその伝記を書いた。

ディケンズを讃める人々に向かって、こう言いました。「小さいネル[40]の死ぬ場面を笑わずに読むには、鉄の心臓が必要だ」

マックス・ビアボウム[41]について、彼は言いました。「彼は人が愛するものと戯れるように、言葉と戯れる」さらにつけ加えて、「君と二人きりでいる時、スフィンクス、彼は顔を取って仮面をあらわすかい？」

彼が試煉を受けに行く朝が来ました。前の晩、彼は炉棚に睡眠薬を出しておいてくれと頼みました。飲むつもりはないけれども、そこに薬のあることが魔法のような効果を発揮するのだと言いました。

玄関広間で、彼はふいにわたしの方をふり返り、初めて声を震わせて言いました。「もし最悪のことが起こったら、手紙を書いてくれるかい、スフィンクス？」

それから、彼と友人のエイディー氏[42]は、わたしが彼のために雇った小型の四輪馬車に乗って、立ち去りました。

同じ日のうちに、わたしは裁判の結果を告げる電報を受け取りました。それから二年間、彼に会うことはありませんでした。

ふたたび自由の身になった時、オスカーには母親も兄もいなくなっていました。二人共死んでしまったのです。そして子供たちもいませんでした――かれらには後見人がついていました。けれども、彼がもっとも悲しんだのは夫人の死でした。彼女は服役中の二年間、頻繁に面会に行きました。いつも優しく、献身的でした。やがて病気になり、手術を受けたあと、ジェノバで亡くなりました。

これはオスカーにとって最大の打撃でした。彼は都合がつくとすぐにジェノバへ行き、夫人の墓参りをしました。小さなガタガタの貸し馬車、緑の馬車に乗って出かけたのです。彼は激しい嘆きと、後悔と、良心の苛責《かしゃく》に我を失いました。そしてたくさんの真紅の薔薇で墓を覆うと、その中に泣き崩れ、涙にむせびながら祈って、いつまでも彼女の思い出に忠実であることを誓いました。彼は本当に心から夫人を愛していましたし、彼女を悲しませるようなことをしたのは、狂気に取り憑《つ》かれていたからだと今は感じていました。こうして激しく感情を発散すると、すっかり打ちひしがれ

40　チャールズ・ディケンズ（一八一二～七〇）の小説「骨董屋」の幼い女主人公。
41　英国の諷刺画家、俳優、劇評家（一八七二～一九五六）。
42　ウィリアム・モア・エイディー（一八五八～一九四二）。英国の美術批評家、編集者。

て、泣きながら馬車で帰りました。

彼の奇妙な性格には、たくさんの矛盾がありました。悲しみは突然去りました。彼は変に朗らかになり、無謀なほどの元気を出しました。そして、数日経ってようやく馬車を返すことを思いついたのでした。

オスカーはある時、友人に不思議な体験を語りました。彼はそのことをけして忘れず、晩年よく思い返していたのです。

結婚したばかりの頃、彼は夫人を夢中で愛し、じつに献身的な夫でした。彼女を一時間と放ってはおかず、夫人も彼を熱愛していました。結婚して二、三ヵ月経ってから、夫人が買い物に行き、オスカーもお供をしました。夫人が長々と買い物をしている間、彼は「スワン・アンド・エドガー」百貨店の外で待っていました。五月の、寒いけれども晴れた日の午前中でしたが、彼がそこに機嫌良く立っていると、奇妙な子供が現われました。幼ないけれども目つきが鋭く、オスカーを見やると、一種の笑い声を立てて通り過ぎました。彼は「氷のような冷たい手に心臓をつかまれた」感じがしたそうです。急に胸騒《むなさわ》ぎがして、愚行と悲惨と破滅の幻影を見ました。その晩はずっと鬱《ふさ》ぎ込んでいました。

あれも五月のたいそう寒い朝のことでしたが、夫とわたしと数名の友人が、うんと早い時刻に、ディーナリー街にあるわたしたちの家から馬車に乗って、ブルームズベリーにあるステュアート・ヘッドラム師[43]の家へ、オスカーを迎えに行きました。その居間はバーン゠ジョーンズやロセッティーの絵、モリスの壁紙やカーテンといったものに満たされ、六〇年代初期の装飾の見本と言っても良く、それなりにたいそう美しくて、オスカーがかつて愛した審美的な部屋にそっくりでした。

わたしたちはみなひどく緊張し、戸惑《とまど》っていました。自分の感情《きもち》を見せることに対するイギリス人特有の恐れを感じていたと同時に、自分の感情《きもち》を見せないことに対する人間らしい恐れも感じていたのです。

彼は入って来るなり、わたしたちを安心させました。亡命した国王が帰って来たように、堂々と部屋へ入って来ました。髪の毛にウェーブをかけ、ボタン穴に花を挿し、しゃべりながら、笑いながら、煙草を吸いながら入って来て、二年前よりも元気そう

43　英国国教会の牧師（一八四七〜一九二四）。ワイルドが再拘留された際、保釈金の半分を払った。

で、痩せて、若々しく見えました。彼が最初に言った言葉はこうでした。「スフィンクス、君は大したものだ。朝の七時に、遠くにいた[44]友達を迎えに行くのにぴったりの帽子を選べるとはね！　君がこんなに早く起きられたはずはない。夜通し起きていたんだろう」彼はしばらく快活にしゃべっていましたが、やがて一通の手紙を書き、辻馬車の御者に言って、さるローマ・カトリックの保養所へ届けさせました。そこに半年滞在させてもらえないかという主旨の手紙でした。返事を待つ間、彼はうろうろ歩きまわって、言いました。「あそこの所長は愉快な男で、奥さんも素敵な人だ。あそこの庭で何時間か楽しい時を過ごしたら、夏をこちらで過ごしてくれと言われた。僕を庭師だと思ったんだよ」彼は笑い出しました。「変わってるだろう？　でも、そいつはできそうもないね。気分転換が必要だと思うからね」「『遠くに』いる人間がうける罰の一つを知ってるかい？　〝デイリー・クロニクル〟を読ませてもらえないんだ！　僕はこちらへ来る途中、汽車の中で読ませてくれと言った。『駄目だ！』それで、上下逆さまに読むのを許してもらえないかと言ってみた。それは許してもらえたから、道中ずっと〝デイリー・クロニクル〟を逆さにして読んでいたんだが、これほど面白かったことはないね。新聞を読むのは、この方法に限る」

御者が手紙を持って戻って来ました。オスカーがそれを読んでいる間、わたしたちはみんな他所《よそ》を向いていました。急に思い立って言われても、保養所にお迎えすることはできないという返事でした。少なくとも一年は考えさせていただきたいと。実のところ、彼を拒んだのです。

すると、彼はわっと激しく泣きだしました。わたしはその場を去り、あとで聞いたところによると、彼は友人たちとベルヌヴァル[45]へ行ったそうです。オスカーは素晴らしい回復力を持っていて、すぐに元気を取り戻しました。

のちに、わたしはパリへ行って彼と会いましたが、彼はその頃、オテル・ダルザスの小さな部屋で、学生のような生活をしていました。彼は人に好かれる独特の力を持っていました。宿の主人が彼に何百ポンドも貸してくれたことは良く知られています。

44 原語は away。符牒で監獄にいることを言う。
45 フランス、ノルマンディーの海岸の村。

このスケッチ——これはそれ以上のものではないのですから——に於《お》いて、わたしは彼の人となりも、その業績も、批評したり評価したりするつもりはありません。ただ、個人的に知っていることをお話しするだけです。

オスカーはわたしが会った人間のうちでも、もっとも気前の良い人で、親切心をいつもじつに優雅なやり方で示しました。

さほど良く知っているわけでもない若い事務弁護士が、十六歳の驚くほど美しい娘に熱烈な恋をしている、と彼に言いました。娘は赤毛で、菫色《すみれいろ》の眼で、睫毛《まつげ》は黒く、ロセッティー夫人やウィリアム・モリス夫人の肖像画に良く似ていました。名前はマージョリーといいました。

「君がマージョリーと結婚するのに、一体いくら要《い》る?」とオスカーはたずねました。

「百五十ポンドです。それだけあれば、小さいアパートを借りて働けます。彼女は自分の生活費を稼いでいますから」

オスカーはちょうど「ウィンダミア卿夫人の扇」の上がりで大金を受け取ったところでした。即座に百六十ポンドの小切手を切って青年に与えると、有無《うむ》を言わせぬ調子で言いました。「今すぐ行って、彼女と結婚するんだ。新婚旅行には、ワージングの僕らの家へ彼女を連れて来たまえ」

青年は言われた通りにして、オスカーはその後ずっと二人から崇拝されました。マージョリーは、彼が「遠く」へ行っていたあと、迎えに行ったもう一人の女性でした。彼女は青年が言った通り、信じられないほど綺麗で、素直で利口な娘でした。

彼には大勢の献身的な友達がいて、その人たちはつねに誠実でした。第一に挙げるべき人物はロバート・ロス[46]です。実際、彼は友達のためならどんな苦労も厭《いと》いませんでしたし、助けを必要としない友達にはむしろ腹を立てていたようです。このことについて、オスカー・ワイルドはかつて『聖者伝』[47]風の寓話を即興でこしらえたことがあります。それを〝フィリモアの聖ロバート〟と名づけました。(ロビーの一族はフィリモア・ガーデンズ[48]に住んでいたのです。)

46　批評家・ジャーナリスト(一八六九～一九一八)。ワイルドの死後、『獄中記』や『オスカー・ワイルド著作集』を出版した。
47　英国のカトリックの神父オールバン・バトラー(一七一一～七三)が書いた書物。
48　ロンドンの地名。ケンジントンのホランド・パークに近い。

フィリモアの聖ロバート

フィリモアの聖ロバートという、一人の聖者がいました。彼は毎夜、空がまだ暗いうちに寝床から起きると、膝をついて神に祈りました。大いなる慈愛から太陽を昇らせ、大地を明るくしてくださるようにと。そしていつも太陽が昇ると、聖ロバートはふたたび跪《ひざまず》いて、この奇蹟が与えられたことを神に感謝しました。ある夜のこと、聖ロバートは昼間いつもより多くの善い行いをしたため、ぐっすり眠り込んでしまいました。目醒めると、陽はすでに昇り、大地はすでに輝いていました。聖ロバートはしばらく重苦しい顔をしていましたが、やがて跪いて神に感謝しました。僕《しもべ》が怠《なま》けたにもかかわらず、やはり太陽を昇らせ、大地を明るくしてくださったことを。

「真面目が肝腎」の皮肉な台詞の一つに、バンベリー氏はパリに葬ってもらいたいそうだと牧師が言うところがあります。「どうもこれは」と牧師は言います。「最期を迎える人の心境としては、あまりよろしくないようですな」

オスカーはパリで、エプスタイン[49]の立派な記念碑の下に葬られています。これは彼が死んでから十年後に、最後まで固い友情を貫いたある婦人[*原註]が寄贈したものです。

49 ジェイコブ・エプスタイン（一八八〇～一九五九）。英国の彫刻家。
*原註 サー・コールリッジ・ケナードの母親ケアリ夫人。

解説

南條竹則

スフィンクスというのは一体エジプトの神様なのか妖怪なのか知りませんが、オスカー・ワイルドがこの不思議な存在に若い時から惹《ひ》かれていたことは、つとに研究家の指摘するところであります。

彼は長い月日をかけて「スフィンクス」という詩を書きましたし、「秘密のないスフィンクス」という短篇小説も書きました。じつをいうと、わたしはワイルドの短篇の中でも特にこの小品が好きで、なぜ好きかといわれても説明に困りますが、静かな部屋で一人孤独にひたっている上流婦人の寂しげな面輪《おもわ》が目に浮かぶような気がするのです。今回、これを含めた作品集を編むことが出来たのを心から嬉しく思います。

ワイルドの短篇集は邦訳もすでに何種類か出ていますが、評論的な性格の濃い「W・H氏の肖像」を含めても、それだけでは分量が少ないので、単行本にする場合は童話集や評論を併録するのが普通です。しかし、本集では普通でないことをしようと思いまして、ワイルドが書いたもう一つのスフィンクス、すなわち詩の「スフィンクス」を入れ、さらにワイルドの親友であったエイダ・レヴァーソンの作品を付録にしました。

種明かしをすると、これはいわば〝スフィンクスづくし〟の趣向で、ワイルドはレヴァーソンのことを〝スフィンクス〟と呼んでいたのです。

＊

世界的に有名な作家であるワイルドについては、光文社古典新訳文庫の他の訳書にも入念な解説がありますし、ここに詳しく御紹介するには及ばないでしょう。一方、エイダは一般の読者にとって馴染《なじ》みのない存在でしょうから、少し彼女のことを書いておこうと思います。

エイダ・レヴァーソン（一八六二〜一九三三）は一八六二年一〇月一〇日、ユダヤ人の富豪サミュエル・ヘンリー・ベディントンと夫人ジラー（旧姓サイモン）の長女として生まれました。

エイダ・レヴァーソン

十九歳の時、ダイヤモンド商人の息子アーネスト・レヴァーソンに結婚を申し込まれ、父親の反対を押しきって一緒になりました。夫婦は一男一女を儲《もう》け、息子は早く世を去りましたが、娘ヴァイオレットは長じて母の伝記『スフィンクスとその友達』(一九六三)を書いています。

しかし、エイダの結婚生活はあまり幸福とは言えなかったようです。夫のアーネストは彼女よりも十二歳年上で、じつはべつの女性に生ませた娘がおり、その娘はパリの修道院に入っていました。それに彼は馬と賭博が大好きで、カジノや競馬に出かけて行っては、何日も家を空《あ》けることがよくありました。しかし、エイダはそんな夫を巧《うま》く操縦し、互いに自由を享受していました。

幼少から芸術的な環境に育った彼女は、機知縦横な才女として社交界に知られていました。彼女の家はロンドン随一のサロンと言っても良く、著名な文人や画家、音楽家たちに囲まれていましたが、そうした人々のうちでも、彼女ともっとも深い友情で結ばれたのは、オスカー・ワイルドだったのです。

二人がオズワルド・クロファードというジャーナリストの家のパーティーで知り合ったのは一八九二年のことで、当時エイダは三十歳、ワイルドは三十八歳でした。

エイダは晩年、本格的なワイルドの回想記を書くつもりだったらしく、その下書きとおぼしい原稿が一部分残っています。その中にこんな一節があります。

私が会った時、オスカー・ワイルドの上には、勉強部屋で聞いた伝説がまだ霧のように覆いかかっていた。私は彼が半ズボンを穿《は》いて、「青ざめて彷徨《さまよ》い」、その香りで生きているという百合の花を持っていないことに少し驚いた。けれども、彼は八〇年代の「審美家」のポーズをとっくにやめてしまっていたのだった。……（ルーパート・ハート゠デイヴィス編『オスカー・ワイルド書簡集』三四二－三四三頁註より訳して引用）

ワイルドはそれまでに詩を書き、講演旅行をし、書評をし、雑誌を編集し、短篇小説を書き、問題作「ドリアン・グレイの画像」（一八九一）によって世間を聳動《しょうどう》し、さらには劇作家として「ウィンダミア卿夫人の扇」で大成功を収めたばかりでした。

一方、エイダもこの一八九二年頃から、「ブラック・アンド・ホワイト」という雑誌に短い小説などを書いていました。やがて「パンチ」誌にも寄稿するようになり、ワイルドやマックス・ビアボウム、ジョージ・ムアといった知人の作品のパロディーをつくっています。

ワイルドの作品では、「ドリアン・グレイの画像」「スフィンクス」「理想の夫」「真面目が肝腎」を題材にしていますが、そのうち、「スフィンクス」のパロディーが、本書に訳出した「お転婆《ミンクス》」であります。これは一八九四年七月二一日の「パンチ」誌に匿名で掲載されました。単行本として出たワイルドの『スフィンクス』にはチャールズ・リケッツの挿絵が入っていますが、これを揶揄《からか》ったエドワード・テニソン・リードの挿絵がつけられ、絵の中央にワイルドとおぼしき人物の横顔が描かれています。（一九六頁）

エイダはこの文章が出ることをあらかじめワイルドに教えていました。ワイルドは、「『お転婆』を早く読みたい。じつに巧いタイトルだね」（一八九四年七月日付不詳の手紙、『書簡集』三五七頁）と手紙に書いています。果たして彼は「お転婆」が気に入り、エイダにこう感想を述べました――

「パンチ」に載った君の文章は面白いし、挿絵は気の利いたカリカチュアの傑作だ。僕が詩に書いたのは、結局のところ、本当に〝お転婆〟にすぎなかったのではないかと思う。スフィンクスは君だけだよ。（一八九四年七月二〇日の電報、『書簡集』三五七頁）

エイダはこのことをきっかけに〝スフィンクス〟と呼ばれるようになったのだという人もいますが、じつはそれは間違いで、ワイルドはこれ以前から彼女をスフィンクスと呼んでいました。

彼は一八九三年六月二八日付の電報に、こう書いています。

「スフィンクス」の著者は「現代生活のスフィンクス」と水曜の二時に石榴《ざくろ》を食べるつもり。（『書簡集』三四二頁）

これは「ウィリス」というお気に入りのレストランにエイダを誘う電報ですが、このほかにも、「お転婆」が出る前に打ったべつの電報で「親愛なるスフィンクス」という呼び方をしています。

とはいえ、パロディーの一件以来、スフィンクスという愛称が定着したことはたしかでしょう。エイダはそれから一生涯、友人たちにこの名前で呼びかけられたのでした。

*

文才豊かなエイダは、同じ九四年の九月半ばに『緑のカーネーション』という本が匿名で出版された時、その作者ではないかと疑われたことがあります。

本当の作者はロバート・ヒッチェンズ（一八六四〜一九五〇）というジャーナリストで、ワイルドともエイダとも知り合いでした。

彼は「ペルメル・マガジン」などの仕事をしていた頃、エジプトへ行って、ワイルドの愛人アルフレッド・ダグラスや、その友達のレジー・ターナー、E・F・ベンスンらの若者と知り合いました。当時ベンスンは社交界を諷刺した『ドードー』という小説で脚光を浴びており、ヒッチェンズはこれに刺激されて、自分も諷刺小説を試みたのです。

物語は、ドリアン・グレイを思わせる貴公子レジーと、彼が薫陶《くんとう》を受けている審美家紳士エズメ・アマリンス、それにレジーの花嫁候補ロック嬢らが郊外で週末を過ごしながら、当時のさまざまな流行を俎上《そじょう》にのせて、風俗批評を繰り広げるといった内容です。作中のアマリンスはワイルドをモデルにしており、その同性愛趣味をかなり露骨にあてこすった部分もあって、センセーショナルな評判を呼びました。

作者は誰かということが話題になり、ワイルド本人が書いたという説をはじめ、アルフレッド・オースティン説、マリー・コレリ説など諸説紛々《しょせつふんぷん》だったのですが、ワイルドはどうもエイダが怪しいと考えていたようです。ところが彼女は逆に諷刺された側で、同書の登場人物の一人ウィンザー夫人のモデルにされたのでした。

真相が明らかになってから、ワイルドはエイダへの手紙にこう書きました。

親愛なるスフィンクス、もちろん君はひどい誤解を受けたのだ。でも、あの本には、君の才筆にかかると言っても恥ずかしくない箇所がたくさんある。それに裏切りと信義とは表裏一体のものだ。僕なぞは始終接吻《くちづけ》と共に自分を売り渡しているよ。

それにしても、ヒッチェンズがあんな気の利いたものを書けるとは思わなかった。ジャーナリストという連中は困ったものだね――小才《こざい》がありすぎて。（一八九四年九月二三日？の手紙、『書簡集』三七三頁）

＊

ワイルドはエイダと知り合ったあとも、「つまらない女」「理想の夫」と喜劇を立て続けに発表して絶賛を浴び、その一方で『サロメ』という問題作も出版しました。そして彼の名声が頂点に達したのは、本書に訳した「回想」に書かれている「最後の初日」、すなわち喜劇「真面目が肝腎」の初日だったのであります。この時を境に、彼の運命は破滅に向かって突き進んで行きました。

ワイルドは当時作家としては順風満帆でしたが、私生活は荒《すさ》んでいました。美貌の青年アルフレッド・ダグラスとの同性愛に溺れて妻子を顧みず、しかも、このダグラスという青年は火のような激しい性格で、ワイルドをさんざん振り回します。ワイルドもしまいには音《ね》を上げて、何度も別れようとしましたが、結局縒《よ》りを戻してしまいます。

一方、ダグラスの父親クインズベリー侯爵はワイルドが息子を悪くしているのだと思って、彼を憎み、嫌がらせや脅迫をはじめます。例の「真面目が肝腎」の初日にも、劇場で騒ぎを起こそうと企んでいましたが、入場を断られ、腹癒《はらい》せに野菜の花束を置いてゆきます。

そんなことが度重なり、ワイルドは彼を名誉毀損で訴えました。ところが、裁判の審理の過程で街の男娼たちとの関係が明るみに出、同性愛のかどで二年間の懲役刑を宣告されてしまいます。

出獄後は後ろ指をさす世間の目を逃れるように、外国、主にフランスで短い余生を送りました。彼の名誉が回復されるのはずっと後になってからのことです。

社会の敵とみなされたワイルドを多くの友人が裏切りましたが、エイダは数少ない真の友の一人でした。牢屋に手紙や本を送り、出獄後まっさきに会いに行きました。同性愛事件の裁判の最中、行場のないワイルドを匿《かくま》った有名なエピソードは、「回想」に詳しく述べられています。文中に「わたしたち」とあるように、この一件では夫君アーネストも立派に振舞ったと言うべきでしょう。彼はエイダ共々ワイルドと親しく、保釈金をたてかえたり、獄中にいるワイルドの財産管理をしたりと色々面倒を見ました。ワイルドはそのお金のことで、おそらく誤解からアーネストと仲違《なかたが》いしましたが、エイダとの友情は死ぬまで変わらなかったようです。

*

エイダが作家として本格的に活躍するのは、ワイルドの死後数年を経てからでした。それには家庭の事情も関わっていたように思われます。一九〇二年頃、エイダの夫は事業に失敗し、経済状態が苦しくなりました。とうに関係の冷えきっていた夫婦はこれを機に別居を決め、夫はカナダに移り住んで、一九二二年にそこで亡くなりました。

エイダは一九〇三年から、大衆向けの週刊誌「レフェリー」に「白と黒」というコラムを連載します（一九〇五年まで）。これは家計を助けるためにやむを得ずした仕事のようです。

この連載が文筆家としての修業になったのか、それともこれに飽き飽きして、もっと長い物が書きたくなったのか、エイダは一九〇七年から長篇小説を書きはじめます。第一作は『十二時間目 The Twelfth Hour』（一九〇七）という小説で、『恋の影 Love's Shadow』（一九〇八）、『限界 The Limit』（一九一一）、『やきもき Tenterhooks』（一九一二）、『楽園の鳥 Bird of Paradise』（一九一四）、『二目惚れ Love at Second Sight』（一九一六）と続きます。

これらはいずれもグラント・リチャーズという版元から出版され、一九五〇年代にチャップマン・アンド・ホール社から復刊されました。一九六二年には、人妻イーディス・オトレーを女主人公とする『恋の影』『やきもき』『二目惚れ』の三作が一冊にまとめられ、『オトレー夫妻 The Little Ottleys』としてマックギボン・アンド・キー社から復刊されました。その後もヴィラゴ・プレスから新版が出ています。

彼女の小説はいずれも、エドワード朝の中上流社会を舞台とした風俗小説と言って良いものです。その作風は構成の散慢な欠点はありますが、言葉遣いはウイットに富み、登場人物の会話はワイルドの劇を思わせます。いや、ワイルドよりももっと細やかで、サラリとしていて、筆者などは『十二時間目』を一読した時、ジェーン・オースティンを連想しました。作家のジョージ・ムアも、『限界』が出た時、彼女をオースティンになぞらえたといいますが、ムアはエイダと親しい間柄でしたから、贔屓目《ひいきめ》もあったのかもしれません。

『オトレー夫妻』に序を寄せたコリン・マッキネスは、彼女をコングリーヴに代表される風習喜劇の精神を持った作者と見なしています。評伝『素晴らしきスフィンクス』の著者ジュリー・スピーディーは、スフィンクスの小説が、サキやビアボウムのそれと共に、摂政《せっしょう》時代以来の軽妙洒脱《しゃだつ》な伝統を継いで次代に懸橋《かけはし》を渡したと評しています。

わたしも彼女の小説をそれ自体として楽しみましたが、ワイルドとの関係を知っているせいか、そこに後者の世界を透かし見てしまうようなことがありました。

一例を挙げてみましょう。

「ウィンダミア卿夫人の扇」の第四幕に、アーリン夫人のこんな台詞があります。

Besides, my dear Windermere, how on earth could I pose as a mother with a grown-up daughter? Margaret is twenty-one, and I have never admitted that I am more than twenty-nine, or thirty at the most. Twenty-nine when there are pink shades, thirty when there are not.

それにね、ウィンダミア、わたしに一体どうして成人した娘がいる母親のような顔ができて？　マーガレットは二十一歳よ。でも、わたしは二十九歳、いえ、せいぜい三十歳より上だと認めたことなんかないんです。pink shades がある時は二十九歳で、ない時は三十歳ね。

右に添えた訳文中の「pink shades」という言葉を、今わざと原語のままにしておきましたが、ある邦訳ではこれをピンクの色調の服と解釈しています。たしかに shade という言葉は服の色合いにも使いますが、女性の年齢を隠すのは服よりもむしろ照明だと思っているので、わたしはこれをランプなどの「笠」と解したのです。しかし、この文章を見ただけでは、どうも自信を持って断定することが出来ません。

ところが、『十二時間目』を読んでいたら、第十三章にこんな会話が出て来ました。

"Oh, good gracious! What were you wearing?"

"My yellow gown——and the amber beads; it was quite late and the lights——pink shades——were turned on——or else it would have been too glaring, you know, dear."（チャッ

プマン・アンド・ホール版一六一頁）

「まあ、あなたは何を着ていたの？」

「黄色のガウンよ――それに琥珀の首飾りを。遅い時間で明かりが――pink shades――ついていたから――さもなければ派手すぎたでしょうけど」

ここには直前に「明かり lights」とはっきり書いてありますから、pink shades は照明の笠であることがわかります。アーリン夫人の pink shades も同じでしょう。

同じ時代に生きた人間は、よしんば敵同士《かたきどうし》であっても、語彙《ごい》や発想、知識など多くのものを共有しています。ましてやエイダはワイルドの親友だったのですから、彼女の文章にワイルドの註釈として使えるような箇所があっても、不思議ではありません。

晩年のエイダ・レヴァーソンは九〇年代のいわば〝伝説〟となり、ハロルド・アクトン、ロナルド・ファーバンク、オズバート・シットウェルといった若い友人たちに囲まれて、自分の青春の象徴であるワイルドの思い出を語りました。本書の巻末に収録した「回想」には、そんな彼女の愛情が溢《あふ》れています。

解題

「アーサー・サヴィル卿の犯罪 Lord Arthur Savile's Crime」

初出は「コート・アンド・ソサエティ・レヴュー」一八八七年五月一一日、一八日、二五日号。初めは「手相術の物語」という副題がついていました。

他の三篇と共に単行本『アーサー・サヴィル卿の犯罪、その他の物語』（一八九一）に収録されましたが、その際に副題を「義務の研究」と改めました。

ワイルドの友人にエドワード・ヘロン゠アレンという人がいました。ペルシア語が出来て、オマル・カイヤームの四行詩に関する書物を書いていますが、手相術や占星術にも詳しく、ワイルドは長男シリルが生まれた時、彼にホロスコープをつくってもらったそうです。本篇はそのヘロン゠アレンに影響を受けているようです。

ワイルドはこの物語のアーサー・サヴィル卿のように占いを信じる人だったようで、例の裁判の時も、ある占い師に勝つと言われて、それを頼みにしていたふしがあります。

手相術に関しては、リチャード・エルマンの『オスカー・ワイルド伝』にこんな逸話が載っています。

ある晩、ワイルドがソプラノ歌手ブランシュ・ルーズヴェルトの家へ晩餐を食べに行ったところ、その場にカイロという有名な占い師がいて、客人たちは食事の前に手相を見てもらうというやり方で、占い師には相手が誰だかわからないようにしていました。カーテンごしに両手を差し出して見てもらいました。

ワイルドの手を見ると、占い師は言いました。

「あなたの左手は王様の手ですが、右手は亡命する王様の手です」

「それはいつのことです」とワイルドは尋ねました。

「今から二、三年後。あなたが四十歳の時です」

占い師がそう答えると、ワイルドは何も言わずに席を立ってしまいました。

彼が裁判で有罪の宣告を受けたのは一八九五年五月二十日、十月生まれのワイルドはその時満四十歳ですから、予言は見事あたったことになります。しかし、この話の出典は一九一三年に出た占い師自身の回想録であります。あとからつくった話かもしれません。

「カンタヴィルの幽霊 The Canterville Ghost」

初出は「コート・アンド・ソサエティ・レヴュー」一八八七年二月二十三日号、三月二日号。

ユーモラスな幽霊というのは、ディケンズの「クリスマス・キャロル」以来イギリス小説に珍しくありませんが、これはその中でも傑作の一つに数えられましょう。

筆者は昔、平井呈一の訳で初めてこの作品を読んだ時、腹を抱えて笑ってしまいました。今回自分で訳してみて気づいたのは、さすがワイルドの作品だけあって、幽霊さえも一個の芸術家であることです。

彼はけして素顔ではあらわれず、つねに俳優として何らかの役を演じながら登場します。その一々の扮装に面白い名前がついていますが、「A、あるいはB」という形で副題をつけるこの名づけ方は、古くはトマス・キッドの「スペインの悲劇、あるいはヒエロニモふたたび狂う」などに始まって、劇や通俗小説の題によく見られたものです。後者の例を挙げれば、これは一九世紀に流行った「ペニー・ドレッドフル」という煽情《せんじょう》小説ですが、「吸血鬼ヴァーニー、あるいは血の饗宴」とか「狂える父、あるいは誘惑の犠牲」とかいったものがありました。

本篇は幽霊の滑稽さもさることながら、一年間アメリカで講演旅行をしたワイルドのアメリカ人批評が、くすぐりとして随処にちりばめられている点も読みどころでしょう。

「秘密のないスフィンクス The Sphinx without a Secret」

初出は「世界《ザ・ワールド》」一八八七年五月二五日号。掲載時の題名は「アルロイ夫人」でした。

「模範的億万長者 The Model Millionaire」

初出は「世界」一八八七年六月二二日号。

「スフィンクス The Sphinx」

初出は同名の単行本（一八九四年）。版元はエルキン・マシューズ＆ジョン・レインで、チャールズ・リケッツが挿絵を描いた豪華本として出版されました。

この詩を捧げられたマルセル・シュオッブは近年再評価の著しいフランスの作家で、「少年十字軍」「黄金仮面の王」「モネルの書」などの作品によって、我が国でも知られています。ワイルドと仲が良く、短篇小説「青い国」(一八九二)を彼に捧げました。また、ピエール・ルイスらと共に「サロメ」のフランス語の手直しをしました。

ワイルドがこの長詩を書きはじめたのは一八七四年、まだオックスフォードの学生だった時です。作中で、語り手が自分の部屋を「学生の部屋」と呼んでいるのにお気づきでしょう。ワイルドはアメリカ講演旅行に出たあと一時パリに滞在しましたが(一八八三)、その時にかなりの部分を書いたようです。

御覧の通り、スフィンクスとエジプトに関する古典的教養を総動員してつくった詩で、原文は雅語、稀語、造語などを駆使し、言葉の音楽的効果に重きを置いています。わたしの力ではとてもそういう魅力を伝えることは出来ませんが、作者が次から次と繰り広げる古代絵巻の視覚的なイメージだけでも楽しんでいただきたいと思い、もっぱら平明を心がけて訳しました。固有名詞や故事について、少し多めに訳註をつけたのも、そのためです。

「お転婆《ミンクス》 The Mynx – A Poem in Prose」

初出は「パンチ」一八九四年七月二一日号。


「思わせぶり Suggestion」

初出は「イエロー・ブック」第五号（一八九五年四月）。次の「悲しみを求めて」と同様、「アーネスト・レヴァーソン夫人」の名義で発表されました。これは当時の英国の習慣で、例えばハンフリー・ウォードの妻メアリー・オーガスタ・ウォードは「ハンフリー・ウォード夫人」の名義で小説を書いています。


「悲しみを求めて The Quest of Sorrow」

初出は「イエロー・ブック」第八号（一八九六年一月）。

「思わせぶり」と「悲しみを求めて」はいずれもセシル・カリントンという「恐るべき子供《アンファン・テリブル》」を主人公にしていますが、わたしにはこのキャラクターに、エイダの友人G・S・ストリートが書いた『ある少年の自伝』（一八九四）という小説の影響が感じられてなりません。

　この小説はワイルドのエピゴーネンたちを諷刺する意図を持って書かれたもので、主人公はタビーという少年なのですが、彼はオックスフォード大学に上がった年、厳格な儀式主義者《リチュアリスト》となり、翌年はアナーキストかつ無神論者に転向し、次の年にはあらゆることに関心を失って、大学を去ってしまいます。審美家を気取っていろいろと奇《き》矯《きょう》な言動を続けますが、周囲の人々には悪ふざけとしか思われません。

　このタビー少年と較べると、セシル・カリントンは大分洗練されています。利己主義者で、ナルシストで、本当の悪人ですが、彼の活躍する小説をもっと読みたい気もします。


「回想 Reminiscences」

　この三篇はロバート・ロスが編纂《へんさん》したワイルドの書簡集『オスカー・ワイルドからスフィンクスへの手紙』（一九三〇）に収録されました。「オスカーが肝腎 The Importance of Being Oscar」と「最後の初日 The Last First Night」はそれが初出ですが、「その後 Afterwards」はそれ以前にT・S・エリオットの編集する「クライテリオン」

誌第四号（一九二六年一月）に掲載されています。

エイダの最晩年の文章で、そのせいか多少の記憶違いなども散見されますが――たとえば、ワイルドの兄が死んだのは獄中にいた時ではなく、出獄後のことでした――生き生きしたワイルドの面影を伝える資料として貴重なものです。

*

翻訳のテキストには以下のものを使いました。

ワイルドの作品は、ロバート・ロスが編纂した最初の作品集の復刻版（*The Collected Works of Oscar Wilde* edited by Robert Ross Routledge/ Thoemmes Press 1993）。「お転婆」は「パンチ」一八九四年七月二一日号のファクシミリ版。「思わせぶり」と「悲しみを求めて」は「イエロー・ブック」。「回想」は Violet Wyndham の *The Sphinx and her Circle*（André Deutsch 1963）に再録されたもの。

翻訳にあたっては平井呈一、福田恆存、西村孝次、小野協一、日夏耿之介、堀江珠喜といった人々の既訳を参考にさせていただきました。先人たちの業績に感謝の意を表します。

また光文社翻訳出版編集部のみなさんには、いつもながらひとかたならぬお世話になりました。ここに心から御礼を申し上げます。

ワイルド年譜

この年譜は、オスカー・ワイルドの略歴に、エイダ・レヴァーソンとの交友に関わりのある事柄を加えて作成したものである。括弧に入れた年齢はエイダ・レヴァーソンの年齢である。

一八五四年
一〇月一六日、オスカー・フィンガル・オフラハティー・ウィルズ・ワイルド、ダブリンで生まれる。

一八六二年　八歳
一〇月一〇日、エイダ・レヴァーソン生まれる。

一八七一年　一七歳
ダブリンのトリニティー・コレッジに入学。

一八七四年　二〇歳
オックスフォード大学モードリン・コレッジに入学。

一八七八年　二四歳
詩「ラヴェンナ」で「ニューディゲイト賞」を取り、優秀な成績でオックスフォード大学を卒業。ロンドンに引き移る。

一八八〇年　二六歳
『ヴェラ、あるいは虚無主義者たち』

一八八一年　二七歳
『詩集』
アメリカ講演旅行のため出帆。
ワイルドをモデルにしたバンソーンと

いう人物が登場するサヴォイ・オペラ
「ペイシェンス」上演。

一八八三年　二九歳
アメリカ講演から戻り、二月、三月パリに滞在。
ニューヨークで「ヴェラ」初演されるが、失敗。

一八八四年　三〇歳
コンスタンス・メアリー・ロイドと結婚。タイト・ストリートに新居を構える。

一八八五年　三一歳
長男シリル誕生。
「ペルメル・ガゼット」に書評を書く。

一八八六年　三二歳
次男ヴィヴィアン誕生。

一八八七年　三三歳
「カンタヴィルの幽霊」「アーサー・サヴィル卿の犯罪」「アルロイ夫人（のちに「秘密のないスフィンクス」と改題）」「模範的億万長者」
「婦人世界《ウーマンズ・ワールド》」誌の編集長を務める。

一八八八年　三四歳
童話集『幸福の王子』

一八九〇年　三六歳
「ドリアン・グレイの肖像」を雑誌に連載。

一八九一年　三七歳
『ドリアン・グレイの肖像』単行本刊行。『アーサー・サヴィル卿の犯罪』『石榴の家』『意向集《インテンションズ》』
アルフレッド・ダグラスと知り合う。

一八九二年　三八歳（三〇歳）
二月二〇日「ウィンダミア卿夫人の扇」初演。その直後に、エイダ・レヴァーソンと初めて会う。
「サロメ」の上演が禁止される。

一八九三年　三九歳
「つまらない女」初演。
『サロメ』フランス語版刊行。

一八九四年　四〇歳
『スフィンクス』
『サロメ』英語版刊行。

一八九五年　四一歳
「理想の夫」初演。
「真面目が肝腎」初演。
クインズベリー侯爵を名誉毀損で訴えるが、敗訴。逆に男子との猥褻行為のかどで逮捕される。
四月二六日、最初の公判。
五月二〇日、第二回の公判で有罪となり、二年間の入獄と重労働を言い渡される。

一八九六年　四二歳
母死去。
「サロメ」がパリの「作品座」で上演される。
牢屋で『獄中記』を書く。

一八九七年　四三歳
出獄。フランスへ渡る。

一八九八年　四四歳
妻コンスタンス死去。フランス、イタリア、スイスを転々とする。
長詩『レディング監獄の唄』

一八九九年　　四五歳
兄ウィリー死去。
一九〇〇年　　四六歳
一一月三〇日、パリにて死去。バニュー墓地に葬られる。
一九〇三年　　（四一歳）
エイダ・レヴァーソン、「レフェリー」誌にコラム「白と黒」を連載（一九〇五年まで）。
一九〇五年
『獄中記』刊行。
一九〇七年　　（四五歳）
レヴァーソン『十二時間目』
一九〇八年　　（四六歳）
ロバート・ロス編『オスカー・ワイルド著作集』刊行。
レヴァーソン『恋の影』
一九〇九年
ワイルドの遺骸がペール・ラシェーズの墓地に改葬される。
一九一一年　　（四九歳）
レヴァーソン『限界』
一九一二年　　（五〇歳）
レヴァーソン『やきもき』
一九一四年　　（五二歳）
レヴァーソン『楽園の鳥』
一九一六年　　（五四歳）
レヴァーソン『二目惚れ』
一九三〇年　　（六八歳）
レヴァーソン、ロバート・ロス編『オスカー・ワイルドからスフィンクスへの手紙』に「回想」を寄せる。

一九三三年　（七一歳）
八月三〇日、レヴァーソン没。

訳者あとがき

十九世紀末の英文壇に於いて、オスカー・ワイルドという人は良くも悪くも最大のスターでありましたから、この時代の英文学を研究する者は、彼に多少の関心を持たずには済まされないわけであります。

私なども、ワイルドは作品も好きでしたし、他の作家との関わりもあるので、学生の頃から全集をポツポツと読んでいました。リチャード・エルマンの『ワイルド伝』が出て評判になった時は、私も一冊買いましたが、しばらく積んだままにしておきました。

その頃、作曲家のフレデリック・ディーリアスが住んでいた家を訪ねて、パリ郊外のグレ・シュール・ロワンという村へ行きました。

家の持主D夫人は齢《よわい》九十五、六の老婦人で、ロシア出身の方《かた》でしたが、フランス語も英語も堪能でした。息子さんやお孫さんに囲まれて、悠々と余生を過ごしておられました。頭は非常に冴《さ》えた人で、私が着いた時はちょうど車椅子に坐って読書をしておられたのですが、その膝の上にエルマンの例の伝記が載っていたので、私は驚きました。

英文で六百ページを越える分厚い本です。良くこんなものをお読みになるナア、先を越されちゃった、と感心した私は、

「この本は今、人気がありますね」

というつもりで、英語の「popular」という形容詞を使ったところ、たしなめられてしまいました。

「これは大衆が読むような俗っぽい本ではありませんよ。popularという言葉は適切ではありません」

というのです。

西洋人や中国人の多くは、こちらが間違った言葉遣いをすると、すぐに直してくれます。私は年中直されてばかりいるのですが、この時D夫人が言った言葉は、特に印象に残っています。社交好きだったD夫人は若い頃、毎週末に家でパーティーを開き、ヘンリー・ジェイムズやビアボウムもあの家を訪れたことがあったそうです。そんな

人にいかにもふさわしい言葉のように思われたからです。

それももう遠い昔の思い出になりました。ワイルドの作品を今回初めて訳したことにも、いささかの感慨をおぼえます。

二〇一五年夏、福島微温湯温泉にて　　訳者しるす本書の一部に「癩」「ジプシー」「乞食」「不治の痴呆症」など、今日の観点から見て差別的な用語・表現が用いられています。「癩」については旧約聖書との関わりで用いられていることを本文中にも注記しましたが、本書が成立した一八八〇～一八九〇年代当時、癩病は伝染性の強い病と見なされ、患者は隔離されるなど、差別的な生活を強いられていました。また第二次世界大戦後、特効薬が普及し完全回復が可能になったのちも、日本では平成八年（一九九六年）に「らい予防法」が廃止されるまで、同様の政策がそのまま残っていたのはご承知のとおりです。現在ではハンセン病と表記しますが、作品成立時の時代背景、及び本書の歴史的・文学的価値に鑑み、原文に忠実に翻訳することを心がけました。ジプシーについても同様に、ロマではなく当時の言葉として使用しました。これらの差別的表現は、当時の社会状況と、未成熟な人権意識に基づくものですが、それが今日ある人権侵害や差別問題を考える手がかりとなり、ひいては作品の歴史的・文学的価値を尊重することにつながると判断したものです。差別の助長を意図するものではないということを、ご理解ください。

（編集部）

kobunsha classics
光文社古典新訳文庫

カンタヴィルの幽霊《ゆうれい》／スフィンクス

著者 ワイルド
訳者 南條《なんじょう》 竹則《たけのり》

2015年11月20日 初版第1刷発行
2024年5月30日 第2刷発行

発行者 三宅貴久
印刷 大日本印刷
製本 大日本印刷

発行所 株式会社光文社
〒112-8011東京都文京区音羽1-16-6
電話 03（5395）8162（編集部）
03（5395）8116（書籍販売部）
03（5395）8125（制作部）
www.kobunsha.com

©Takenori Nanjō 2015
落丁本・乱丁本は制作部へご連絡くだされば、お取り替えいたします。
ISBN978-4-334-75321-4 Printed in Japan

※本書の一切の無断転載及び複写複製（コピー）を禁止します。

本書の電子化は私的使用に限り、著作権法上認められています。ただし代行業者等の第三者による電子データ化及び電子書籍化は、いかなる場合も認められておりません。

いま、息をしている言葉で、もういちど古典を

長い年月をかけて世界中で読み継がれてきたのが古典です。奥の深い味わいある作品ばかりがそろっており、この「古典の森」に分け入ることは人生のもっとも大きな喜びであることに異論のある人はいないはずです。しかしながら、こんなに豊饒で魅力に満ちた古典を、なぜわたしたちはこれほどまで疎んじてきたのでしょうか。

ひとつには古臭い教養主義からの逃走だったのかもしれません。真面目に文学や思想を論じることは、ある種の権威化であるという思いから、その呪縛から逃れるために、教養そのものを否定しすぎてしまったのではないでしょうか。

いま、時代は大きな転換期を迎えています。まれに見るスピードで歴史が動いていくのを多くの人々が実感していると思います。

こんな時わたしたちを支え、導いてくれるものが古典なのです。「いま、息をしている言葉で」――光文社の古典新訳文庫は、さまよえる現代人の心の奥底まで届くような言葉で、古典を現代に蘇らせることを意図して創刊されました。気取らず、自由に、心の赴くままに、気軽に手に取って楽しめる古典作品を、新訳という光のもとに読者に届けていくこと。それがこの文庫の使命だとわたしたちは考えています。

このシリーズについてのご意見、ご感想、ご要望をハガキ、手紙、メール等で翻訳編集部までお寄せください。今後の企画の参考にさせていただきます。
メール　info@kotensinyaku.jp

光文社古典新訳文庫　好評既刊

天来の美酒／消えちゃった

コッパード／南條《なんじょう》竹則《たけのり》◉訳

小説の〝型〟にはまらない意外な展開と独創性。短篇の職人・コッパードが、「イギリスの奇想、恐怖、不思議」に満ちた物語を無常感とユーモア漂う練達の筆致で描いた、珠玉の十一篇。

白《びゃく》魔《ま》

マッケン／南條《なんじょう》竹則《たけのり》◉訳

妖魔の森がささやき、少女を魔へと誘う「白魔」や、平凡な銀行員が〝本当の自分〟に覚醒していく「生活のかけら」など、幻想怪奇小説の大家マッケンが描く幻想の世界、全五編！

秘書綺譚

ブラックウッド幻想怪奇傑作集

ブラックウッド／南條《なんじょう》竹則《たけのり》◉訳

芥川龍之介、江戸川乱歩が絶賛した怪奇小説の巨匠の傑作短篇集。表題作に古典的幽霊譚や妖精話、詩的幻想作など、主人公ジム・ショートハウスものすべてを収める。全十一篇。

人間和声

ブラックウッド／南條《なんじょう》竹則《たけのり》◉訳

いかにもいわくつきの求人に応募した主人公が訪れたのは、人里離れた屋敷だった。荘厳な神秘主義とお化け屋敷を訪れるような怪奇趣味が混ざり合ったブラックウッドの傑作長篇！

新アラビア夜話

スティーヴンスン／南條《なんじょう》竹則《たけのり》・坂本《さかもと》あおい◉訳

ボヘミアの王子フロリゼルが見たのは、「自殺クラブ」での奇怪な死のゲームだった。「ラージャのダイヤモンド」をめぐる冒険譚を含む、世にも不思議な七つの物語。

臨海楼綺譚

新アラビア夜話第二部

スティーヴンスン／南條《なんじょう》竹則《たけのり》◉訳

放浪のさなか訪れた「草砂原《リンクス》の楼閣」で一人の女性をめぐり、事件に巻き込まれる表題作を含む四篇を収録の傑作短篇集。第一部収録の前作『新アラビア夜話』と合わせ待望の全訳。

光文社古典新訳文庫　好評既刊

木曜日だった男　一つの悪夢
チェスタトン／南條《なんじょう》竹《たけ》則《のり》◉訳

十九世紀ロンドンの一画サフラン・パークに、ある晩、一人の詩人が姿をあらわした。それは幾重にも張りめぐらされた陰謀、壮大な冒険活劇の始まりだった。

盗まれた細菌／初めての飛行機
ウェルズ／南條《なんじょう》竹《たけ》則《のり》◉訳

「SFの父」ウェルズの新たな魅力を発見！　飛び抜けたユーモア感覚で、文明批判から最新技術、世紀末のデカダンスまで「笑い」で包み込む、傑作ユーモア小説11篇！

不思議屋／ダイヤモンドのレンズ
オブライエン／南條《なんじょう》竹《たけ》則《のり》◉訳

独創的な才能を発揮し、ポーの後継者と呼ばれるオブライエン。奇抜な想像力と変幻自在のストーリーテリング、溢れる情感と絵画的な魅力に富む、幻想、神秘の傑作短篇集。

消えた心臓／マグヌス伯爵
M・R・ジェイムズ／南條《なんじょう》竹《たけ》則《のり》◉訳

異教信仰の研究者が計画のため歳の離れた従兄弟の少年を引き取る「消えた心臓」。スウェーデンの古文書に記された〝黒の巡礼〟から戻った人物の来歴を探る「マグヌス伯爵」など9篇。

怪　談
ラフカディオ・ハーン／南條《なんじょう》竹《たけ》則《のり》◉訳

「耳なし芳一の話」「ろくろ首」「雪女」など、日本各地に伝わる伝承や文献から創作した17編の怪談を収めた『怪談』と、「蝶」「蚊」「蟻」の3編のエッセイを収めた『虫の研究』の2部構成。

ケンジントン公園のピーター・パン
バリー／南條《なんじょう》竹《たけ》則《のり》◉訳

母親と別れて公園に住む赤ん坊のピーターと、妖精たちや少女メイミーとの出会いと悲しい別れを描いたファンタジーの傑作。バリーがいちばん初めに書いたピーター・パン物語。

光文社古典新訳文庫　好評既刊

ドリアン・グレイの肖像

ワイルド／仁木《にき》めぐみ◉訳

美貌の青年ドリアンに魅了される画家バジル。ドリアンを快楽に導くヘンリー卿。堕落しても美しいままのドリアン。その秘密は彼の肖像画に隠されていたのだった。（解説・日高真帆）

サロメ

ワイルド／平野《ひらの》啓一郎《けいいちろう》◉訳

継父ヘロデ王の御前で艶やかに舞った王女サロメが褒美に求めたものは、囚われの預言者ヨカナーンの首だった。少女の無垢で残酷な激情と悲劇的結末を描く。（解説・田中裕介）

書記バートルビー／漂流船

メルヴィル／牧野《まきの》有通《ありみち》◉訳

法律事務所で雇ったバートルビーは決まった仕事以外の用を頼むと「そうしない方がいいと思います」と拒絶する。彼の拒絶はさらに酷くなり…。人間の不可解さに迫る名作二篇。

老人と海

ヘミングウェイ／小川《おがわ》高義《たかよし》◉訳

独りで舟を出し、海に釣り糸を垂らす老サンチャゴ。巨大なカジキが食らいつき、壮絶な闘いが始まる…。決意に満ちた男の力強い姿と哀愁を描くヘミングウェイの最高傑作。

チャタレー夫人の恋人

D・H・ロレンス／木村《きむら》政則《まさのり》◉訳

上流階級の夫人のコニーは戦争で下半身不随となった夫の世話をしながら、森番メラーズと逢瀬を重ねる…。地位や立場を超えた愛に希望を求める男女を描いた至高の恋愛小説。

郵便配達は二度ベルを鳴らす

ケイン／池田《いけだ》真紀子《まきこ》◉訳

セックス、完全犯罪、衝撃の結末…。20世紀アメリカ犯罪小説の金字塔、待望の新訳。緻密な小説構成のなかに、非情な運命に搦めとられる男女の心情を描く。（解説・諏訪部浩一）

光文社古典新訳文庫　好評既刊

郵便局
チャールズ・ブコウスキー／都甲《とこう》 幸治《こうじ》●訳

配達や仕分けの仕事はつらいけど、それでも働き、飲んだくれ、女性と過ごす…。日本でも90年代に絶大な人気を誇った作家が自らの無頼生活時代をモデルに描いたデビュー長篇。

人間のしがらみ（上・下）
モーム／河合《かわい》祥一郎《しょういちろう》●訳

才能のなさに苦悩したり、愛してくれない人に執着したりと、ままならない人生を送る主人公フィリップ。だが、ある一家との交際のなかで人生の「真実」に気づき……。

ミドルマーチ（全4巻）
ジョージ・エリオット／廣野《ひろの》由美子《ゆみこ》●訳

若くて美しいドロシアが、五十がらみの陰気な牧師と婚約したことに周囲は驚くが…。個人の心情をつぶさに描き、壮大な社会絵巻として完成させた「偉大な英国小説」第1位！

死霊の恋／化身
ゴーティエ恋愛奇譚集
テオフィル・ゴーティエ／永田《ながた》 千奈《ちな》●訳

血を吸う女、タイムスリップ、魂の入れ替え……。フローベールらに愛された「文学の魔術師」ゴーティエが描く、一線を越えた「妖しい恋」の物語を3篇収録。（解説・辻川慶子）

ドラキュラ
ブラム・ストーカー／唐戸《からと》 信嘉《のぶよし》●訳

トランシルヴァニアの山中の城に潜んでいたドラキュラ伯爵は、さらなる獲物を求め、帆船を意のままに操って嵐の海を渡り、英国へ！吸血鬼文学の代名詞たる不朽の名作。

カーミラ
レ・ファニュ傑作選
レ・ファニュ／南條《なんじょう》 竹則《たけのり》●訳

恋を語るように甘やかに、妖しく迫る美しい令嬢カーミラに魅せられた少女ローラは日に日に生気を奪われ……。ゴシック小説の第一人者レ・ファニュの表題作を含む六編を収録。

kobunsha
classics